그 말이 내게로 왔다

김미라의 감성사전

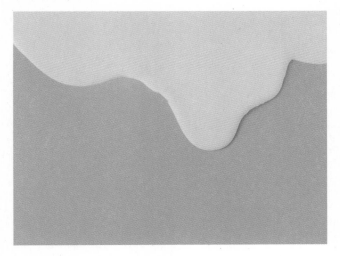

그 말이
내게로 왔다

책읽는수요일

매일 글을 쓰며 하나씩 하나씩
천천히 수집한 고마운 말들을
당신에게 보냅니다.

Prologue

잘 지내고 있나요?

Part _ 01

Part _ 02

Part _ 03

Part _ 04

그 말이 내게로 왔다

Prologue

잘 지내고 있나요?

당신이 내게 '이요나무트'라는 말을 알려주던 날이
생각납니다. '에스키모'라고 부르지 말고 '이누이트'라고
불러야 한다고 조심스럽게 말하던 당신의 눈빛과
목소리도 다 기억납니다. 그래서 내게 '불굴의 용기'를
뜻한다는 '이요나무트'는 곧 당신입니다.

사랑하는 사람이 들려준 음악 한 곡을 평생 잊지
못하는 것처럼, 당신이 들려준 그 말을 평생 잊지
못합니다. 그 말이 내게로 오던 날처럼, 어떤 사람이
특별한 순간에 들려준 말이 '사랑'과 동의어가 될 때가
있다는 것도 압니다.

당신 덕분에 세상엔 특별한 울림을 갖는 말이 많다는
걸 알았습니다. 진통제 같고, 해열제 같고, 각성제

같은 말들이 있다는 것을 새삼 알았습니다. 텐덤,
아그리투리스모, 타르초, 마술상점, 바틀비, 서스펜디드
커피 같은 말들이 그랬습니다. 정신이 번쩍 들게 하는
법칙도 있으며, 이해할 수 없었던 것을 이해하게 하는
원리가 존재한다는 것도 알았습니다. 단어 하나가
내게로 와서, 세상과 나 사이에 존재하는 균열을
메워주고, 어떤 용어 하나가 잠들었던 나의 감각을
깨우기도 했고, 근사한 이름으로 등장한 법칙이, 내가
했던 선택이나 행동을 비로소 이해하게 만들어주기도
했습니다.

　몰랐던 말을 알게 될 때, 이미 알고 있던 말을 다시
이해하게 될 때, 불현듯 삶이 풍요로워지고, 의욕이
생기곤 했습니다. 당신으로부터 내게로 온 말들은

당신이 창조한 말이 아니었습니다. 하지만 당신이 그
말을 내게 건네주었을 때, 그 순간의 공기와 감정과
음정의 높낮이와 눈빛의 온도까지 뒤섞이며 세상에
하나밖에 없는 말이 되었습니다. 내가 유물을 발굴하듯
하나씩 알아내고 건져 올린 말들도 세상에 없던 말이
아니었습니다. 그러나 그 오랜 말을 만나게 되는 순간,
그때의 감정과 귓가에 울리는 음악과 계절 같은 것들이
뒤섞이며 특별한 말이 되곤 했습니다.

　여기 적힌 말들은 모두 그렇습니다. 무심하게 읽을
수도 있고, 뭉클하게 받아들일 수도 있고, 기쁘게 읽을
수도 있으며, 누군가와 나눠 갖고 싶어 마음 설레게
하는 말이 될 수도 있습니다.

당신이 내게 주었던 그 기쁨을 모두와 나누고 싶습니다. 이 말을 알게 되어서 좋다고, 그 사람과 이 말을 공유할 수 있어 기쁘다고, 그리고 내가 그랬듯, 사랑을 추억할 때 여기 적힌 말들 중에서 하나라도 떠오른다면 더 바랄 것이 없을 것 같습니다.

사람이 사람을 사랑하는 건 세계가 확장되는 일이라는 걸 다시 느낍니다. 당신에게서 내게로 건너오던 말들이 더 많은 말들을 발굴하게 했고, 그 말들이 또 이렇게 어디론가 여행을 떠나니까요.

고마워요. 그리고 늘 당신 때문에 더 좋은 사람이 되었다고 믿고 있습니다. 주저앉고 싶을 때에도 '이요나무트'를 알려준 당신 때문에 무릎을 펼 수 있었고, 자존감이 낮아지려 할 때도 '우리가 가진 무수한 단점이 아직 우리가 알아차리지 못한 장점'이라는 당신의 해석 때문에 힘을 낼 수 있었습니다.

탁월한 당신이지만, 어쩌면 이 안에는 당신이 아직 알지 못하는 몇몇 말들이 있을 수도 있습니다. 그러므로 당신이 내게 그렇게 말해주는 순간을 그려봅니다.

그 말이 내게로 왔다고…….

그 말이 내게로 왔다

Part _ 01

레이먼드 카버에게
배우다

20세기 후반 미국에서 가장 사랑받은 단편소설 작가. 무라카미 하루키가 자신의 문학적 스승이라고 존경을 바쳤던 작가. 〈대성당〉이라는 작품으로 우뚝 기억되는 작가. 바로 레이먼드 카버(Raymond Carver).

레이먼드 카버가 단편소설의 대가가 된 것은 먹고 사는 일이 너무 힘들었기 때문이었다. 일을 마치고 돌아온 오후의 짧은 시간 동안 글을 써야 했고, 그 글로 당장 돈을 벌어야 했기 때문에 그는 단편소설을 택했다. 순탄하지 않은 여건에서 건져 올린 작품이어서 그런지 레이먼드 카버의 글에는 군더더기가 없고, 마음의 중심을 건드리는 묵직함이 느껴진다.

　　레이먼드 카버가 믿었다는 인생의 법칙이 있다.
미래를 위하여 물건을 쌓아두지 않고, 날마다 내가 가진
가장 좋은 것을 써버리고는 더 좋은 것이 생기리라 믿는
것. 레이먼드 카버의 인생을 조금이라도 알고 있다면
더욱 뭉클하게 다가오는 믿음이고, 그의 인생을 모른다
해도 내 것으로 만들고 싶은 법칙이다.

　　아무리 작은 것이라 해도,
　　모든 소유에는 소유의 면적이 필요하다.
　　관리하는 수고도 따르기 마련이다.
　　내일을 위해 쌓아둔 그 많은 것들을 위해
　　우리는 얼마나 넓은 삶의 면적을 바치며
　　얼마나 고단한 수고를 치르고 있는 것일까.
　　내일의 소유를 위하여
　　오늘 누릴 수 있는 기쁨을
　　얼마나 유보하고 있는 것일까?

　　내일을 위해 쌓아두지 않고,

날마다 내가 가진 가장 좋은 것을 쓰고,
그리고 내일은 더 좋은 것이 생기리라 믿는 것.

레이먼드 카버의 법칙을 떠올려본다. 짧은 글 속에
자신의 모든 것을 담아낸 그 치열함과 함께.

다 닳아서
없어질 때까지

네팔이나 티벳을 다녀온 여행자들의 사진첩을
보면 유독 형형색색의 깃발이 바람에 나부끼는 사진이
많다. 황량한 산과 벌판을 배경으로 휘날리는 깃발,
마치 바람과 눈물로 만들어진 것 같은 저 깃발을 그곳
사람들은 '타르초(Darchor)'라고 부른다. '바람이 전하는
지혜로운 말씀'이라는 뜻이라고 한다.

색이 선명한 타르초도 있지만 대개의 타르초는 오랜
시간 바람과 햇살에 시달려 빛바랜 것들이다. 그건
타르초의 사명과 연관이 있다. 타르초의 사명은 '다
닳아서 없어질 때까지 제자리를 지키는 것'이다.

바람 속에 나부끼며
말씀과 기도를 전하는
지혜의 깃발.
세상은 당신을 잊지 않았다고 펄럭이는
기억의 깃발.
다 닳아서 없어질 때까지
제자리를 지키고 있는
약속의 깃발.

타르초 하나,
마음의 정중앙에 세워두고 싶다.
타르초의 사명처럼
다 닳아서 없어질 때까지
내 작은 자리를 의미 있게 지키고 싶다.

창고

창고의 기능은 '보관'에 있지만
창고의 가치는
보관된 물건을 어떻게 사용하느냐에 달려 있다.
흉년이 들었는데도 문이 굳게 닫혀 있다면
그건 창고라고 할 수 없다.
창고도 열려야 창고다.

세 개의 황금문

〈세 가지 황금문(Three Gates of Gold)〉라는 글에
따르면 말을 할 때에는 세 개의 황금문을 거쳐야
한다고. 첫 번째 문은 '그 말이 맞는 말인가' 하는
것이고, 두 번째 문은 '그 말이 필요한 말인가' 하는
것이며, 세 번째 문은 '그 말이 친절한 말인가' 하는
것이라고. 세 황금문은 모두 좁은 문이지만 마지막
문, 그 말이 친절한 말인가 생각하며 통과하는 문이
가장 좁은 문이라고. 문 두 개도 통과하기 쉬운 문은
아니지만, 가장 좁은 문이라는 세 번째 문 앞에서는
유독 마음이 따끔거린다. 옳은 말이라면 친절하지
않아도 상관없다고 생각한 때가 종종 있었으므로.

슬리퍼 히트

　배우 실베스터 스탤론(Sylvester Stallone)의 성공작
〈록키〉, 지금도 극장에서 상영되고 있는 전설적인
작품 〈록키 호러 픽쳐 쇼〉, 음악과 사랑의 여운이
오래 남았던 〈원스〉, 그리고 〈워낭소리〉. 이 작품들의
공통점은 무엇일까? 제작 당시에는 누구도 성공을
예상하지 않았지만, 개봉 후 엄청난 관객을 동원한
작품들이다.

　세간의 예상을 깨고 커다란 성취를 거두는 것을
'슬리퍼 히트(Sleeper hit)'라고 한다. 영화 〈황금연못〉과
〈드라이빙 미스 데이지〉는 소규모 상영관에서

시작했다가 아카데미상을 받으면서 관객 동원에 성공한
작품들이다. 이런 작품들은 특별히 '오스카 슬리퍼
히트'라고 불린다.

　역시 인생은 어느 구름에 비 들었는지 모르는 일.
기대하지 않았던 영화가 의외의 흥행을 만들어내는
것처럼, 아무도 기대하지 않았던 책 한 권이 서서히
입소문을 타면서 베스트셀러가 되기도 하는 것처럼,
누가 어떤 성공을 이룰지는 정말로 모르는 일이다.

　그러니 지금 우리가 보내는 이 시간도
　어쩌면 슬리퍼 히트가
　잠재되어 있을지도 모르는 시간.
　아직 젊은 우리의 꿈과 열정을
　마땅히 응원해야 할 이유!

달을
그리고 싶다면

서양화에서 달을 그린다고 하면 붓으로 달의 모양을
확연하게 표현하겠지만, 동양화에서는 붓으로 직접
그리지 않는다. 달을 감싸고 있는 구름을 그림으로써
거기 달이 있다는 것을 드러낸다.

달이 있는 자리만 보여줄 뿐! 주변의 구름만
부지런히 그려내면 어느 순간, 거기 달이 떠 있다. 이런
기법을 동양화에서는 '홍운탁월(烘雲托月)'이라고 한다.

달을 그릴 때만이 아니라, 구름이나 안개를 그릴
때도 마찬가지다. 붓으로 구름이나 안개를 직접
그리기보다는 산과 산, 산과 나무 사이에 여백을

둠으로써, 그것이 곧 구름이 되고 안개가 되도록 한다.

사찰 이름을 제목으로 한 어느 동양화를 보면,
사찰은 보이지 않고 무성한 숲을 나서는 동자승밖에
보이지 않는다. 그 숲 안에 사찰이 있다는 것을
짐작하게 한다.

달을 그리지 않고도 달이 그려지도록 하는 것,
구름을 그리지 않고도 구름이 나타나도록 하는 것,
주변을 그림으로써 중심이 드러나게 하는 홍운탁월!
마치 표내지 않고 무르익은 삶을 살 수 있는
고수의 기법 같기도 하다.

그러고 보니 문득 떠오르는 말이 있다. 세상에
빛이 존재하는 이유는 만물이 서로에게 헌신하는 것을
비춰주기 위한 것이라는 '소금' 같은 말. 그러니 그
사람을 비추는 것이 곧 나를 비추는 것이고, 그 사람을
그리는 것이 곧 나를 그리는 것이다.

페이지 터너

피아노 독주회 무대에는 피아니스트만 오르지
않는다. 피아니스트가 건반 위에서 연주를 할 때, 바로
옆에 앉아, 그림자처럼 악보를 넘겨주는 사람이 있다.
가장 적절한 타이밍에 악보를 넘겨주는 그 사람을
'페이지 터너'라고 부른다.

프랑스의 영화감독 드니 데르쿠르(Denis Dercourt)의
〈페이지 터너〉라는 영화가 기억난다. 피아니스트의
꿈을 키워가던 멜라니는 심사위원장 아리안의 이해할 수
없는 행동 때문에 연주를 망치게 된다. 10년이 지난 뒤
멜라니는 아리안의 페이지 터너가 되어 결정적인 순간에

그를 몰락시킨다는 일종의 복수극이다.

　감독 드니 데르쿠르는 실제로 음악학교 교수였고, 영화 속의 아리안처럼 심사위원을 했던 경험이 있다고 한다. 그래서 무대 위에는 빛나는 피아니스트만 있는 것이 아니라 아무도 주목하지 않는 페이지 터너도 있다는 것을 이야기한다. 그는 '페이지 터너'의 역할을 '일종의 자기소멸'이라고 규정했다.

　　페이지 터너가 지켜야 할 중요한 규칙이 있다.
　　화려한 옷을 입어서는 안 되고,
　　악보를 넘길 때 연주자를
　　건드리거나 가리면 안 된다.
　　가장 적절한 타이밍을 놓치지 않고
　　악보를 넘겨주어야 하며,
　　악보를 넘길 때 소리를 내서도 안 된다.
　　안 된다는 것이 많은 직업은 쓸쓸하다.

　블라디미르 호로비츠는 "악보를 넘기는 사람이 연주 전체를 망칠 수 있다"고 말한 적이 있다. 그래서

자신이 믿는 페이지 터너가 없으면 연주를 하지 못하는
피아니스트도 있다고 한다.

존재하지만 존재를 드러내서는 안 되는 사람.

드러나지 않으나 아주 중요한 사람.

주목받지 못하지만

때론 어떤 일의 성패를 좌우하는 사람.

페이지 터너 같은 존재들이

우리 곁에도 있다.

어쩌면 우리 역시 페이지 터너 같은 역할을

수행하는지도 모를 일.

세상을 위해 애써주는 그림자 같은 존재.

그럼에도 불구하고

야속하게도 잊고 지내는 존재.

이 세상의 페이지 터너들에게,

정중하게

'고맙다'고 인사하고 싶다.

나는
바틀비가 되기로 했다

열심히 일하고, 좋은 사람으로 살려고 노력하는데 왜
행복으로부터 조금씩 더 멀어지는 느낌이 들까? 원래
내가 무엇을 원했는지, 애초에 가지고 있던 귀한 것이
무엇이었는지도 까마득히 잊어버린 것 같은 요즘, 허먼
멜빌(Herman Melville)의 〈필경사 바틀비〉라는 소설을
떠올려 본다.

월스트리트의 잘 나가는 변호사에게 고용된 필경사
바틀비. 처음 얼마 동안은 마치 모든 서류를 먹어버릴
것처럼 미친 듯이 일하던 바틀비가 어느 날 이렇게
말하기 시작했다.

안 하는 편을 택하겠습니다!

"못 하겠다"도 아니고, "하지 않겠다"도 아니고, "안 하는 편을 택하겠다"고 말하는 바틀비. "안 하는 편을 택하겠다"는 표현은 '일하는 것을 부정'하는 것이 아니라 '일하지 않는 것을 긍정'하는 것이었다. 둘 사이에는 아주 큰 차이가 있다.

허먼 멜빌이 창조한 인상적인 인물 바틀비에서 '바틀비 증후군(Bartleby syndrome)'이라는 용어가 만들어졌다.

스페인 작가 엔리께 빌라-마따스(Enrique Vila-Matas)는 위대한 작가들 중에 훗날 '글 쓰지 않는 편을 택한 작가'들을 연구했다. 그의 연구 결과에 의하면, 오스카 와일드, 사무엘 베케트, 비트겐슈타인, 랭보, 스탕달, 그리고 생애 말년에 "문학은 저주다"라고까지 말했던 톨스토이도 '바틀비 증후군'으로 설명할 수 있다고 한다.

어쩔 수 없이
등 떠밀려 해야 하는 일들이 많은 시대에,
남다른 능력도 없는 사람들이
'안 하는 편을 택하겠다'고 말하는 건
쉬운 일은 아니다.
내 스스로 그런 선택을 하진 못하더라도,
"안 하는 편을 택하겠다"고 말하며
자신의 운명을 살아간
바틀비를 떠올리며 위로를 받는다.

초조함을
종이처럼 구겨서 멀리
던지는 연습

　철학자 프리드리히 니체는 '사람을 망치는 첫 번째
함정이 초조함'이라고 했다. 초조해지면 이성적인
판단이 어려워지고, 다른 사람의 평가에 민감해지고,
헛된 것에 현혹되기 쉬워지고, 그렇게 의젓했던
사람들도 한순간에 무너진다.

　초조해질 때는 '주차장 이론'을 생각해본다. 원하는
자리를 발견하지 못할 거라는 걱정으로 목적지에서
열 블록이나 떨어진 곳에 성급하게 주차를 해서는 안
된다는 조언. 크게 한 바퀴 돌다보면 보다 나은 자리를
발견하게 된다는 이론이다. 하버드 대학교 최초의 여성

총장 드루 길핀 파우스트(Drew Gilpin Faust) 박사가
졸업생들에게 당부한 말로 유명하다.

주차장을 드나들면서 자주 겪는 일이지만 원하는
자리에 주차할 기회란 별로 많지 않다. 더 좋은 자리를
발견하지 못할 것 같은 초조함을 억누르고, 지금 이
자리마저 다른 사람에게 빼앗길지도 모른다는 불안함을
견디고 주차장을 도는 일이 결코 쉽지 않다.

초조함 때문에 일을 그르치거나
처절한 마음의 상처를 겪은 뒤에야
우리는 이런 상태에서 벗어날 수 있을지도 모른다.
그러므로 악기를 배우거나 운동을 배우거나
외국어를 습득하듯
매일 조금씩 훈련할 것!
초조함을 종이처럼 구겨서 멀리 던지는
연습을 할 것!

가방 속에는

등에 가방을 메고 유치원을 다니고, 초등학교를
다니고, 좀 더 무거운 가방을 들고 중학교를 고등학교를
다니고……. 그 이후로도 몇 번, 가방의 형태가
바뀌면서 어른이 되었다. 그리고 이따금 여행 가방을
꾸리면서 교실에서 배우지 못한 세상 공부를 했다.

가방은 원래 전쟁의 산물이라는데 나는 오늘도
가방을 들고 세상으로 나갔다가 가방을 들고 귀가한다.
가방 안에 담긴 하루를 헤아린다.

가방 안에 내가, 나의 일생이 담겨 있다.

벽이 있어서
다행이야

　사람과 사람 사이에 벽이 없어야 한다고 말한다.
하지만 벽이 없다고 해서 모두가 더 가까워지고, 그래서
모두 다 행복해지는 것일까? 어쩌면 적절한 거리에
적절한 높이로 가려주고 막아주는 벽이 있어서 우리는
오래, 타인과 더불어 살 수 있는 것인지도 모르겠다.
그가 내가 아니고 내가 그가 아니라는 경계가 있기
때문에 서로를 견딜 수 있는 것인지도 모르겠다. 그러니
벽을 없애라거나 허물라고 강요하지 말 것! 그 벽에
꽃을 심고, 그 벽에 기대어 잘 쉬어볼 것!

직무유기

지나친 질문은 인생을 고단하게 하겠지만
꼭 해야 할 질문도 잊고 사는 건 직무유기.
저녁노을이 물들 때만이라도
거울 앞에 섰을 때만이라도
아프거나 아주 즐거울 때만이라도
누군가 나를 간절히 찾거나
누군가와 크게 다퉜을 때만이라도
내가 나에게, 혹은 세상을 향해
뼈아픈 질문 하나 던져야겠다.

파도와
바람과
지도만 있다면

인생을 살면서 가장 막막한 순간은?
어디 물어볼 곳이 없을 때!

　지도란 바로 그런 막막함이 만든 유물인지도 모른다.
먼저 세상을 다녀간 사람들이 후세에 전해주는 지도의
종류도 다양하다. 돌이나 종이에 새겨진 지도일 수도
있고, 유전자에 새겨진 지도이거나 영혼에 새겨지는
지도일 수도 있다.

　문자를 만들기 전에 인류는 지도를 먼저 그렸다고
한다. 스페인의 나바라 지역에선 무려 1만 4천 년 전에

구석기 시대 인류가 그린 지도가 발견되었다. 돌에
새겨진 그 지도에는 수많은 선이 그어져 있고, 강을
건너는 안전한 길도 표시가 되어 있었다. 지도는 매우
정교했고, 생존에 필요한 정보를 담아 공유하고 있었다.

남태평양 오세아니아에 속한 마샬(Marshall) 군도
사람들은 야자나무 막대기로 지도를 만들었다. '스틱
차트(Stick Chart)'라고 불리는 이 지도는 마샬 군도
사람들의 보물이었다. 그들은 아이들에게 이 지도를
건네며 이렇게 말한다고 한다.

파도와 바람과 스틱 차트만 있으면
어디든
갈 수 있단다.

아그리투리스모

여행기를 읽거나 여행 프로그램을 보다가 마음에
들어온 곳을 고르고, 그곳에 대해서 공부를 하고,
마음에 드는 숙소를 찾아보고, 언제 가면 가장 좋은지도
알아보고, 몇 가지 말들을 익히고, 그리고 그 지역과
연관이 있는 음악과 영화와 책을 찾아보고……

시를 좋아하는 사람이 한두 편의 시를 마음에 담듯,
여행을 좋아하는 사람들은 이런 일들을 자주 한다.

어느 날 토스카나의 산 지미냐노(San Gimignano)에
날이 저무는 풍경을 찍은 사진을 봤다. 수많은 탑을

품은 도시로도 유명한 산 지미냐노의 풍경에서 나는
탑보다 아그리투리스모(Agriturismo)를 보았다.
농업을 의미하는 'agricoltura'와 관광, 여행을 뜻하는
'turismo'가 합쳐진 말이니 농가 민박쯤 될 터다.
그러나 농가 민박이라고 부르기엔 좀 더 근사한 무엇이
아그리투리스모에는 있다.

　　오랜 세월에 빛바랜 벽돌로 이루어진 집과 성벽이
있고, 완만한 구릉지에 포도밭과 밀밭이 펼쳐지고,
사이프러스 나무가 도열한 길이 있고, 순한 풍경들이
붉은 석양에 물들고……. 이 풍경들을 고스란히 품은
아그리투리스모.

　　무엇이든 꿈꿀 자유가 있으니 언젠가 토스카나의
어느 아그리투리스모에 묵는 꿈을 꾸어본다. 넓은
대지에 무심한 듯 자리 잡은 농가에서 쉴 수 있다면,
아니 꼭 아그리투리스모가 아니더라도 어디서든
며칠만 마음의 스위치를 끄고 쉴 수 있다면 한없이
너그러워져서 돌아올 수 있지 않을까.

쥬디스의 속사정

작가 버지니아 울프는 어느 날 케임브리지대학
도서관을 찾아갔다가 출입을 거절당했다. 도서관 출입은
물론이고 여성 작가들이 여성의 이름으로 책을 낼 수도
없었던 시대, 버지니아 울프는 마침내 이런 질문을
던지기에 이른다.

만약 셰익스피어에게 그처럼 재능 있는 누이가
있었다면 그 누이는 어떻게 되었을까?

버지니아 울프는 셰익스피어의 누이의 이름을
'쥬디스'라고 가정하고 쥬디스의 삶을 유추한다.

쥬디스는 오빠 윌리엄처럼 생생하고 멋진 인물들을 그려낼 수 있었겠지만, 오빠가 학교에 가고 책을 읽고 글을 쓰는 동안 쥬디스는 스프를 끓이거나 구멍 난 양말을 기우라는 말을 들었을 것이고, 적당한 혼처로 시집가라는 강요를 받았을 거라고 버지니아 울프는 생각했다.

이렇게 '셰익스피어의 누이'라는 말이 생겨났다. 비범한 재능을 가진 여성, 그러나 가려진 천재. 그런 의미로 '셰익스피어의 누이'라는 말이 통용되었다.

셰익스피어의 누이처럼
살아야만 하는 시대도 아닌데
나도 모르게 내 안의 재능을
가두어버리고 있는 건 아닌지.
공항 검색대를 통과하는 승객처럼
꼼꼼하게 검색해봐야겠다.

단호하게 ×

약속이 취소되는 건 유쾌한 일은 아니겠지만, 가끔은
갑자기 생긴 시간이 반가울 때도 있다. 그 약속이 썩
내키지 않는 것이었다면 더욱.

취소를 의미하는 'cancel'이라는 단어는 뜻밖에도
격자무늬 창살에서 유래되었다. 격자무늬 창살을
라틴어로 'cancelli'라고 하는데, 예전에 종이가 귀하던
시절엔 글자를 잘못 썼을 때 교정하는 방법이 그저 ×
표시를 하는 방법밖엔 없었다. 이 × 표시가 격자무늬
창살을 비스듬하게 놓은 모양과 닮아서, 창살이
'취소하다'라는 뜻으로 통용된 거라고 한다.

윤동주 시인의 육필 원고에는 수없이 많은 × 표시가
있다. 한 글자 한 글자 눌러 시를 쓰고, 마음에 들
때까지 고쳐 쓰고 또 고쳐 썼다는 시인. 글자들 위에
새겨진 × 표시는 '취소'의 의미를 넘어, 자신을 겨눈
화살처럼 아픈 것이 아니었을까 싶기도 하다.

함부로 취소할 수는 없지만,
취소해야 할 때는 단호하게,
때로는 고통과 수고가 따르더라도
더 나은 그 무엇을 위해서
용감하게 ×.
일에서든 삶에서든
단호하게 ×.

페르난도 보테로의 방식

비대한 모나리자, 비현실적인 볼륨을 가진
마르게리타 공주, 뚱뚱한 아르놀피 부부, 그리고
움직이는 것조차 버거워 보이는 투우사.

콜롬비아의 화가 페르난도 보테로(Fernando
Botero)의 작품들은 그 독특한 표현이 재미있어 한 번
보면 잊히지 않는다. 그가 그린 풍만한 사람들을 보면
자연스럽게 마음의 긴장이 풀어지고 웃음이 난다.

그림을 보며 웃을 수 있는, 아주 독특한 경험을
선물하는 화가. 그래서 페르난도 보테로의 화풍을

'보테로몰프(Boteromorph)', '보테로만의 유형'이라고
부른다.

　페르난도 보테로는 투우사를 많이 그렸다. 그가
한때 투우사 양성학교를 다닌 탓일 수도 있다. 만약
그가 투우를 잘 몰랐다면, 그는 투우사의 꽃이라는
'마타도르'를 즐겨 그렸을 터다. 하지만 보테로는
피날레를 장식하는 투우사 '마타도르(Matador)'보다는
가장 먼저 투우장에 등장해서 소와 사투를 벌이는
'피카도르(Picador)'를 많이 그렸다.

　그러고 보면 '보테로몰프', '보테로만의 유형'이란
뚱뚱하고 풍만하게 그려내는 기법을 말하는 것은
아니라는 생각이 든다. 주목받지 못하는 존재에
대한 애정, 뒤에 감추어진 것에 대한 이해, 눈에
보이지 않는 그 어떤 것의 가치, 그런 것들이 진정한
'보테로몰프'이리라.

　'보테로몰프'를 일상에 적용하고 싶다. 점점
빈약해지는 삶을 풍성하게 채울 방법을 생각하고,

마지막에 폼 나게 등장해서 갈채를 받는 마타도르의
뒤에는 피카도르의 수고가 있다는 것을 기억하고 싶다.
보테로의 그림처럼 유연하고, 풍성하고, 사려 깊은
일상을 만들고 싶다.

텐덤해 드릴까요?

두 사람이나 여러 사람이 탈 수 있는 자전거를 '텐덤 자전거'라고 부른다. '텐덤(Tandem)'은 앞뒤로 연결되어 있다는 뜻으로, 마차에 세로로 맨 두 필의 말에서 유래한 단어다. 등 뒤에 누군가를 태운다는 따뜻한 의미도 갖고 있다.

텐덤 자전거를 탈 때, 앞에서 핸들을 조정하고 브레이크를 밟으며 이끄는 사람을 '파일럿', 뒤에서 열심히 페달을 밟는 사람을 '스토커'라고 부른다고 한다. 사람은 자전거를 탈 때조차 누군가와 함께 하고 싶어 한다는 따뜻한 증거를 보는 것 같다.

텐덤 사이클은 장애인 올림픽의 정식종목이기도 하다. 사이클 선수와 시각장애인이 한 팀이 되어 달리는 사이클링. 아름다운 동행이란, 바로 이럴 때 쓰는 말 아닐까. 자전거 타기를 좋아하는 사람들 중에는 텐덤 사이클로 봉사활동을 하는 사람들도 많다고 한다.

자전거 마니아들끼리는 '텐덤해 드릴까요?'라는 말을 주고받기도 한다. 위로의 말, 격려의 말, 혹은 프러포즈의 말도 되겠다 싶다. 당신을 내 등 뒤에 태우고 달리고 싶다는 의미. 함께 페달을 밟아도 좋지만, 당신은 그저 편안하게 쉬어도 좋다는 그런 의미로 말이다.

이번 주말엔 텐덤 자전거?
그럼 스토커 좌석에 누굴 태울까?
당신을 내 등 뒤에 태우고 달리고 싶어요!
당신이 허락한다면
평생…….

자일 파티

〈터칭 더 보이드(Touching The Void)〉라는 영화가
있다. 안데스 산맥의 '시울라 그란데(Siula Grande)'를
등정하던 두 산악인이 겪은 극한의 경험을 기록한
영화다. 한 사람이 크레바스로 추락하자 함께 자일에
연결된 동료가 죽을힘을 다해 자일을 붙잡지만, 더 이상
버틸 수 없는 순간이 왔을 때 결국 자일을 끊는다.

동료와 연결된 자일을 끊는다는 건, 한 사람은
육체적인 죽음에 이르고, 남은 사람은 정신적인 죽음에
이른다는 의미다. 그런데 크레바스 아래로 추락했던
사람이 무려 72시간의 사투 끝에, 환각과 환청, 그리고

다리가 부러진 고통을 견디며 살아서 돌아온다. 생환한
사람과, 자일 파트너의 사명을 저버렸다는 죄책감에
시달린 사람의 화해를 다루고 있다.

산악인들에겐 잘 알려진 '자일 파티'라는 말이 있다.
두 사람이 한 팀이 되어 자일을 함께 묶고 암벽에 오르는
것, 그래서 생명 공동체가 되는 것을 일컫는다. 이 자일
파티의 동반자가 바로 자일 파트너다. 좋은 파트너가
되기 위해서는 자일을 통해 전해지는 긴장감으로 상황을
파악할 수 있는 능력, 내가 가진 잣대를 상대에게
강요하지 않는 지혜가 필요하다고 한다.

자일 파트너를 선택하는 건 목숨을 거는 일이기도
하니, 조심스러울 수밖에 없다. 눈빛만 봐도 의사소통이
되는 사이, 숨소리만 들어도 어떤 어려움에 처했는지 알
수 있는 사이, 무엇보다 중요한 것은 줄을 함께 묶었을
때 서로 마음이 편안해지는 사이여야 한다.

어떤 상황이 와도
자일을 끊지 않겠다고 약속하는

자일 파트너처럼,

기쁨과 두려움을 공유하는 사이가 되는 것,

신뢰와 믿음을 나누는 사이가 되는 것,

사랑은 일정 부분 자일 파티를 닮았다.

블루투스와 텔레파시

　마주 오는 사람이 혼자 중얼거리며 거리를 걸어간다.
예전 같으면 그 사람의 정신 상태를 의심할 만한
풍경이겠지만 이젠 그 사람이 블루투스 이어폰을
사용하고 있다는 것을 안다. 휴대폰의 음악을 터치하면
저 멀리 있는 스피커에서 음악이 쏟아진다. 최소한의
선도 없이 이어지는 것들이 점점 많아지고 있다.

　블루투스는 10세기에 스칸디나비아를 통일했던
해럴드 곰슨(Harald Gormsson) 왕의 이름을 딴 것이다.
해럴드 곰슨 왕은 '블루투스 곰슨'이라고도 불렸는데,
블루베리를 좋아해서 치아가 늘 푸른색으로 물들어

있었기 때문이라는 이야기도 있고, 한편에서는 전투에서 다친 뒤에 푸른 색 의치를 해 넣어서 생긴 별명이라는 설도 있다.

블루투스에 관한 연구는 1994년 스웨덴에서 시작되었다. 무선으로 전자통신 기기를 연결하고 통일하는 프로젝트에 참여한 한 연구원이 프로젝트 이름으로 이 작업에 스칸디나비아를 통일한 왕의 이름을 제안해서 '블루투스'라는 이름이 탄생했고, 그 연구가 성공을 거두자 프로젝트 이름이었던 '블루투스'는 무선연결 표준을 의미하는 단어로 정착되었다.

블루투스는 원래 인류가 가지고 있던 능력인 '텔레파시'를 떠올리게 한다. 마음의 주파수를 맞추면 먼 거리에 있는 사람의 말도 들을 수 있다는 그 멋진 능력. 호주의 원주민들 중에는 아직도 텔레파시를 사용할 줄 아는 부족이 있다고 하던데…….

블루투스 기능으로 전화기며 컴퓨터, 오디오, 이어폰이 모두 연결되는 시대, 심지어 지구 반대편의 사람도 순식간에 불러낼 수 있는 시대. 그런데 가까이 있는 사람들과는 왜 접속이 더딘 느낌이 드는 것일까? 블루투스 기기들이 연결할 대상을 부지런히 찾아내는 것처럼 우리가 연결해야 할 마음, 우리가 닿고 싶은 마음과 어서 따뜻하게 연결될 수 있기를!

광부들의
라디오

　영화의 첫 장면은 빈 집에 들어선 도둑이 갑자기
울리는 전화를 받는 것으로 시작된다. 집주인이
방송국에 신청한 라디오 퀴즈쇼 출연이 성사된 것이다.
얼떨결에 전화를 받은 도둑은 퀴즈를 맞히느라 자신들이
도둑인 것도 잊었다.

　며칠 뒤 그 집에는 퀴즈를 잘 맞춰준 도둑 덕분에 새
가전제품들이 배달되어 온다. 우디 앨런의 영화 〈라디오
데이즈〉에는 이렇게 라디오의 전성기에 관한 추억이 한
아름 스며 있다.

'Radio'의 어원에는 몇 가지 견해가 있지만 '뿌리'라는 뜻의 라틴어 'Radix'에서 유래한다는 주장에 공감한다. 하나의 뿌리에서 시작해 방사형으로 넓게 퍼져나가는 것, 그것이 라디오의 의미가 아닐까. 이토록 많은 사람들이 공유할 수 있는 소리가 있고, 같은 꿈을 꾸게 할 수 있는 소리가 있다는 건 멋진 일이다.

같은 꿈을 꾼 사람들이 만든 라디오 방송이 있다. 광부들의 라디오! 오지에서 땅속 깊이 파고 들어가 고된 노동을 하는 광부들을 가장 힘들게 하는 건 소외감이라고 한다. 그래서 안데스의 광부들은 자신들의 라디오 방송국을 만들어서 서로의 안부를 묻고, 생일이나 기념일이나 기쁜 일을 축하하고, 슬픔을 함께 나누고, 같은 스포츠 팀을 응원하면서 공동체의 연대감을 쌓아왔다고 한다.

라디오는 원래 그런 매체였다. 머플러처럼 따뜻하게, 내복처럼 가깝게, 자신들이 직접 서로를 챙기고, 연대감을 쌓기로 한 선택, 라디오가 우리 곁에 부디 오래도록 머물기를.

여과지를 통과하는
커피처럼

지금처럼 에스프레소를 마시기 전에는 여과지로 커피를 내리는 방식이 일반적이었다. 커피가 여과지를 통과할 때만이라도 차분히 나를 바라볼 수 있으면, 종종 범하는 실수도, 감정이 격해지는 일도 줄어들겠지, 그런 생각을 하던 날도 있었다. 촘촘한 여과지 말고 오후의 햇살처럼 성근 여과지 하나 마련하고 싶다. 서툴지만 진솔하게 감정을 필터링한 그런 여과지……

봄방학

짧지만 기분 좋은 휴식, 하지만 생각만큼 짧지만도
않은, 무엇인가의 끝을 마무리하고 새로운 시작을
준비하기엔 적당한, 학생 때는 자동으로 주어지지만,
어른이 되어서는 내가 스스로 계획하고 마련해야 하는,
하지만 쉽지 않은, 게으르면 더 요원한, 생각할수록
그리운, 그때로 돌아가면 정말 재밌게 보낼 것 같은, 아,
봄방학.

국경인

유엔에 근무하는 후배가 있다. 스위스의 제네바에서
근무하는 그는 제네바의 집값이 너무 비싸서 국경 너머
프랑스에 집을 얻었다. 날마다 국경을 넘어 스위스로
출근하고, 프랑스로 퇴근하는 일상이 신기하다.
난민들에겐 목숨을 걸어야 하는 국경, 누군가에겐
평생을 기다려도 넘을 수 없는 국경, 그런데 국경을
아무렇지도 않게 넘어 출근하고 퇴근하는 사람들이
있다는 것이 낯설기만 하다.

유럽엔 국경지대 마을이 여럿 있다. 알퐁스 도데의
소설 〈마지막 수업〉에 등장하는 알자스 로렌 지방의

스트라스부르는 프랑스와 독일의 국경지대 마을이다.
독일의 아헨이라는 도시는 독일과 네덜란드와 벨기에,
세 나라가 국경을 접하고 있고, 벨기에와 프랑스의
국경에는 '릴'이라는 도시가 있다. 벨기에와 네덜란드
국경 마을 바를러엔 현관은 벨기에에, 거실은
네덜란드에 있는 집도 있고, 테이블은 네덜란드에 있고
의자는 벨기에에 있는 레스토랑도 있다.

국경지대에 살면서 국경을 넘어 오가는 사람들을
국경인(Frontalier)이라고 부른다. 프랑스에서 스위스
제네바의 유엔 사무국으로 출퇴근하는 후배에게
국경을 넘어 출퇴근하는 느낌을 물었다. 자신도 한때
비무장지대를 지키던 군인이었기 때문에 국경의
의미가 가시철망처럼 아프다고 그는 말한다. 하지만
지금 프랑스와 스위스를 넘나들면서 느끼는 건 사람이
그어놓은 것은 언제나 허망하다는 것이라고. 그곳도
세상에 많은 길 중의 하나일 뿐이라는 걸 우리도 경험할
수 있는 날이 오기를 소망한다고 그렇게 대답했다.

피크엔드 효과

아주 힘든 일을 해냈을 때 평소에 갖고 싶었던
것을 사거나, 짧은 여행을 가거나, 아주 맛있는 음식을
먹으며 스스로에게 '수고했다'고 상을 준다. 그러면
고생했던 과정도 행복한 기억으로, 좋은 경험으로 남을
가능성이 훨씬 높아진다고 한다.

심리학에는 '피크엔드 효과(Peak-end rule)'라는
용어가 있다. 이른바 '정점과 종점의 법칙' 혹은 '정점과
마무리의 효과'라는 뜻으로, 사람이 어떤 사건이나
경험을 떠올릴 때 가장 극적이었던 순간과 마지막
순간의 기억에 의존하는 경향을 가리킨다.

이스라엘 출신의 심리학자 대니얼 카너먼(Daniel Kahneman)에 따르면 누구에게나 '경험하는 자아'와 '기억하는 자아'가 있는데, 이 '기억하는 자아'가 과거에 관한 판단을 내릴 때 가장 강렬한 기억과 가장 최근의 기억을 토대로 한다고 한다.

가장 인상적인 장면과 마지막의 여운을 통해 한 편의 영화를 기억하는 감상법과 비슷한 원리, 사랑했던 사람을 추억하는 방식과 비슷한 원리이다.

모든 순간을 공평하게 기억하지는 못할 테니,
꼭 피크엔드 효과를 거론하지 않더라도
힘든 시간을 지나왔다면 기특한 나에게
선물을 하나쯤 해야겠다.

라르고

언젠가 가보고 싶은 곳으로 꼽아둔 장소 중에
플로리다 남단의 키 제도가 있다. 200킬로미터에
걸쳐 늘어선 키 제도는 키 라르고 섬으로 시작해서
헤밍웨이의 집이 있는 키 웨스트에서 끝난다. 키 제도의
출발점이 '키 라르고'라는 것이 의미심장하다. 여유로운
시간을 맞이하기 위한 첫 번째 준비물은 '느린 태도'라는
걸 상징하는 것 같다.

라르고(Largo)는 '아주 느리게'를 의미한다. 원래는
'폭넓다'는 뜻을 가지고 있었고, 음악적 지시어로 사용될
때에는 '아주 느린 속도' 말고도 '표정을 극히 풍부하게

하라'는 의미도 담겨 있다. 라르고에 담긴 여러 의미를
하나로 연결해보니 느리게 사는 삶이 어떤 것인지 잘
보이는 듯하다.

천천히, 아주 느리게 살다보면
빠르게 지나치느라 놓쳤던 것들을
하나하나 바라볼 수 있게 되고,
그렇게 더 많은 것들을 받아들이게 되면
삶의 표정은 당연히 풍부해진다는
자연스러운 이치.

프랑스의 철학자이자 작가 피에르 쌍소는 이렇게
말한다.

내가 선택한 길은 느림이 존재하는 영역이다.
느림!
내게는 그것이 부드럽고 우아하고
배려 깊은 삶의 방식으로 다가온다.
나는 살아가면서 겪는 모든 나이들,
모든 계절들을 아주 천천히 경험하고

주의 깊게 느껴가면서 살기로 결심했다.

부디 라르고의 속도로 찾아오는 해질녘의
시간만이라도 뉘엿뉘엿한 삶을 마주할 수 있으면
좋겠다.

하다, 다시 하다

어제까지 펼쳐졌던 것들을 착착 접어 넣고, 똑같은
장소, 똑같은 사람들과 맞이하는 시간일지라도 다시
시작한다는 마음으로 한 걸음 새로 내딛어볼 수 있는
날이 있다는 건, 참 고마운 일!

정말 아름다운 단어는
'하다'라는 동사.
그보다 더 아름다운 말은
'다시 하다'라는 말.
긴 멈춤 후 마음에 새겨보는
감격의 말.

그 말이 내게로 왔다

Part _ 02

다 지워버리고
새로 시작하고 싶을 때

작가들이 심혈을 기울여 써놓은 작품도, 밤새워
준비한 발표 자료도, 오랜 시간 연구해온 업적도 한
순간에 사라질 수도 있다. 모든 것이 깨끗이 지워질 수
있다는 건 두려운 일이다. 한편으론 마음에 들지 않는
것들을 버튼 하나로 싹 지워버릴 수 있다는 건 충분히
매력적인 일! 산다는 건 우리 뜻대로 되는 일보다는
그렇지 않은 일이 더 많으니까. 바보 같았던 선택과
행동 들이 부끄러워 지워버리고 싶을 때도 있으니까.

버튼 하나로 모든 걸 지워버리고, 백지 상태로
돌아가 새로 시작하고 싶다고 생각하는 것, 바로 리셋

증후군이다. 그러나 삶엔 '리셋' 버튼이 없다. 삶은
지금까지 살아온 세월이 퇴적되어 쌓인 지층 같은 것.
아름다운 것도, 부끄러운 것도, 못난 것도 섞여들기
마련이다.

    리셋 버튼보다 더 강렬한 효력을 가진
    마음의 버튼은
    인정(認定)!
    아름다운 것도, 부끄러운 것도, 못난 것도
    인정하고 나면 새롭게 보이는 법.
    다 지워버린 사람이 마주할
    허허벌판보다 몇 만 배는 더 나은 일.

팩트를
체크하다

작가 데이비드 즈와이그(David Zweig)는 〈뉴요커〉의
사실 검증팀에서 활약한 전문가였다. 그는 자신처럼
드러나지 않는 일을 하는 사람들에게 관심을 가지고
있었다. 예를 들자면 건축가 뒤에 가려진 구조공학자,
유엔의 단상에서 연설하는 사람 뒤에 있는 동시통역사,
외과의사의 수술을 가능하게 해주는 마취전문의,
휴대폰의 통화를 가능하게 해주는 기지국 수리공 같은
인물들 말이다.

모두가 앞에 나서길 좋아하는 시대에 뒤에 가려진
일을 묵묵히 해내는 이런 사람들을 데이비드 즈와이그는

'Invisibles', 즉 '보이지 않는 사람들'이라고 부른다.
'인비지블'이 특별한 용어라고 할 수는 없지만, 자기
홍보에 열을 올리는 시대의 흐름과는 거리가 먼 이들의
존재가 특별하게 다가온다.

그렇다면 보이지 않는 역할을 감당하는 이들의
공통점은 무엇일까? 타인의 인정에 연연하지 않는
태도, 치밀성, 무거운 책임감 같은 것. 커튼 뒤의
인물로 남는 것을 선호하는 이들은, 일을 통해 명성을
얻는 것이 아니라 만족감을 얻는 것에 무게를 둔다.
그들이 드러나지 않는다는 건 그만큼 그 일을 완벽하게
해냈다는 의미이기도 하니까.

부디
보이지 않는 곳에서
드러나지 않는 일을 하는 사람들이
그들의 일에서 만족감을 얻을 수 있기를,
충분한 보상을 받고
만족스러운 생활을 꾸려나갈 수 있는 세상이
어서 오기를.

시오노 나나미가 알려준
이탈리아어

　쉽고 간단한 일을 어렵고 복잡하게 해결하는
사람이 있다. 반면에 무척 어려운 일인데, 간단하고
쉬운 일처럼 해내는 사람들도 있다. 어려운 일을 쉽게
해내고, 복잡한 것을 쉽게 설명할 수 있는 사람, 그런
사람을 우리는 전문가라고 부른다.

　이탈리아어에는 '스프레차투라(Sprezzatura)'라는
단어가 있다. 시오노 나나미에 의하면 원래의 뜻은
'경멸하다', '거만하게 굴다', '싼값을 매기다' 등이라고
하는데, 이 단어가 르네상스 시대를 거치면서
어려운 일을 쉽고 우아하게 해내는 방식을 의미하게

되었다고 한다. 무심한 듯하지만 세심하고 능숙하게 어떤 일을 해내는 사람들, 말하자면 천재들의 방식을 '스프레차투라'로 부른다. 레오나르도 다 빈치가 대표적인 인물이다. 이런 방식으로 일하는 사람들은 무슨 일을 하든 끝을 보는 사람들이었으며, 천재적이면서 동시에 현실적인 생각을 지녔다고 한다.

속도와 실용성을 지나치게 중시한 나머지 사람을 잃어버리고, 일상의 아름다움을 잃어버리고, 전문성을 갈고 닦을 시간과 터전마저 많이 잃어버린 우리의 현실을 돌아보게 하는 말. 이 낯선 외국어 하나를 소환해 새겨보는 이유이다.

영화 〈빌리 엘리어트〉의 마지막 장면, 흑조의 도약 같은 무용, 처음 시를 접하는 사람들마저 울컥하게 하는 시, 쉬운 언어로 쓰인 탁월한 소설, 무슨 의미가 숨겨져 있는지 몰라도 그 앞에 오래 머무르고 싶게 하는 그림 한 점, 많이 배우고 많이 아는 사람이 그 지식을 따뜻하게 사용하는 풍경, 스프레차투라가 있는 풍경과 자주 마주치고 싶다.

진정한 보안이란

비밀을 지키는 것, 보안을 의미하는
'Security(시큐리티)'의 어원을 찾아가 보면 의외의
것이 나타난다. 'Security'에는 '지킨다'는 의미가
아니라, 재산이나 몸, 명예 같은 현실적인 욕망으로부터
'벗어난다', '초월한다'는 뜻이 담겨 있다. 도둑이
들어도 가져갈 수 없는 것, 누구도 **빼앗아** 갈 수 없는
자유로움, 구속되지 않음……. 시큐리티는 지킬 것이
아무것도 없는 초월의 상태, 진정으로 자유로운 것을
의미했던 것이다. 그것이야말로 진정한 보안이라는 것!
동양철학의 정점을 보는 것 같다.

내 것을 지키기 위해서
담장을 더 높이 쌓는 것이 아니라,
담장을 낮추거나 허무는 것이
더 안전한 삶이라는 지혜.

　진정한 보안이란 지킬 것을 줄이는 일인지도 모른다.
자물쇠로 채우지 않아도 걱정할 것 없는 창고, 가지고
있어도 부끄러움 없는 간결한 소유, 지킬 것을 줄여가는
선택. 이런 쪽으로 우리의 삶이 가 닿았으면 좋겠다.

렘브란트의
진심

렘브란트는 '빛의 화가'로 불린다. 그가 남긴 수많은
자화상과 초상화에서는 신비로운 깊이가 느껴지는데,
그건 렘브란트가 빛을 잘 알고 있었기 때문이다. 젊음은
빛나게, 노년의 깊이는 더욱 중후하게 표현하는 빛.
렘브란트는 자신의 늙은 모습을 화면에 그릴 때조차
그 빛을 활용해 주름을 깊이 표현했다. 이렇게 빛과
그림자를 대비시키면 진실한 순간을 포착할 수 있다는
것이 렘브란트의 믿음이었다.

렘브란트가 찾아낸 빛의 효과를 가장 적극적으로
사용하는 분야가 영화나 사진이 아닐까 싶다. 인물을

둘러싼 분위기를 돋보이게 하고 싶을 때 렘브란트가
사용한 빛의 효과를 재현하는데, 반역광을 적극적으로
활용하는 그 방식을 '렘브란트 라이팅'이라고 부른다.
비비안 리를 비롯한 전설적인 여배우를 돋보이게 한
것도 렘브란트 라이팅의 힘이었다고 한다.

　미술평론가 조나단 존스는 "렘브란트의 자화상
앞에 있으면 진짜 사람이 나를 머리끝부터 발끝까지
조사하는 느낌이 든다"고 표현했다. 노년의 추한 모습과
가난마저 조금도 미화하지 않은 자화상을 보면 조나단
존스의 의견에 저절로 동의하게 된다. 어쩌면 렘브란트
라이팅의 진짜 용도는 인물을 깊이 있게 보여주는 빛의
효과보다는 숱한 단점과 슬픔과 광기마저 있는 그대로
보여주려는 '진심'에 있는 것이 아닐까.

자기만의
골방을 마련하라!

철학자 몽테뉴가 10년 동안 자신을 스스로 가두고
'나는 어떻게 살고 있는가'를 묻고 답하며 치열하게
독서하고 글을 썼다는 그곳, 1천 권의 책으로
둘러싸여 있다는 그곳, 서른여덟의 나이에 세상사에서
물러나 자신의 영지에 만든 혼자만의 작은 탑,
치타델레(Zitadelle). '요새 안의 작은 보루'라는 뜻을
지닌 치타델레는 요즈음 나만의 공간이라는 의미로
유행처럼 쓰이고 있다.

'치타델레'는 원래 괴테가 자주 사용하던 단어로
'내적인 자아', '내면의 성채' 등의 의미라고 한다.

'치타델레'라는 단어가 요즈음 글과 매체에 자주
등장하는 건, '잘 사는 것'에만 주목해왔던 우리가
'제대로 사는 것'에 관심을 갖게 되었기 때문은 아닐까.
그리고 '제대로'의 깨달음은 대개 혼자만의 시간에
찾아오기 때문은 아닐까. 몽테뉴는 오래전 우리에게
이렇게 권유했다.

자기만의 골방을 마련하라!

프렌치 패러독스

1979년 심장병을 연구하던 미국의 의학자들은
18개국에서 심장질환에 어떤 요소가 가장 큰 영향을
주는지를 연구 조사했다. 그 결과 국민소득이나
의료진의 비율, 지방 섭취량은 큰 영향을 미치지
않았고, 의외로 포도주 소비량이 심장병 사망률에
영향을 끼친다는 걸 발견했다. 포도주 소비량이 많은
나라일수록 심장병에 의한 사망률이 낮게 나타났는데,
프랑스 중에서도 포도주 생산량이 많은 뚤루즈에서 특히
사망률이 낮게 보고되었다. 와인에 함유된 붉은색의
폴리페놀은 와인 특유의 씁쓸하고 텁텁한 맛을 내는데,
이것이 몸에 해로운 콜레스테롤을 줄여주는 역할을

한다고 한다. 기름진 음식을 많이 먹으면 심장병
발병률이 높다는 것은 의학적 상식이지만 프랑스
사람들은 예외였기 때문에, '프렌치 패러독스(French
Paradox)'라는 용어가 생겨났다.

 '프렌치 패러독스'에 관한 연구결과가 언론에
본격적으로 보도된 때는 1991년이었고, 그때를 기점으로
와인 소비량은 전 세계적으로 늘어났다고 한다. 그리고
최근에는 '프렌치 패러독스'의 이유가 폴리페놀에만 있는
것이 아니라, 안주로 먹는 '치즈'와도 연관이 있다는
연구결과가 발표되기도 했다.

 의학적 연구와는 별개로 이런 생각을 해본다.
'프렌치 패러독스'의 진짜 효과는 와인 한 잔을 두고
나누는 대화, 정서적 교감, 은은한 분위기일 거라고.
불편한 분위기에서 급하게 마시는 술이 아니라, 한 잔을
다 마실 때까지 느긋하게 말하고, 여유로운 마음으로
느슨한 교감을 나누는 것. 그것이 몸에서 건강한
호르몬을 만들어내기 때문에 '프렌치 패러독스'가 가능한
거라고 믿고 싶다.

감수성 검사

감수성 풍부한 사람으로 산다는 것은 살면서
감당해야 할 어려움이 그만큼 많다는 뜻인지도
모르겠다. 아름다움에 공감하는 능력이 탁월하다면
남들이 느끼지 못하는 것까지 받아들이며 풍성한 삶을
살 수 있지만, 동시에 남들은 느끼지 못하는 아픔이나
슬픔까지 남들보다 몇 배 예민하게 겪어야 하기
때문이다.

'감수성'이라는 단어는 학술적으로도 많이
쓰인다. 농업용어사전에도 '감수성'이라는 단어가
등장하는데, 유기체가 내외부의 자극을 수용하는

능력을 '감수성'이라고 정의하고 있다. 의학 분야에서도
'감수성'이 등장한다. 같은 병명을 가진 환자여도 다른
약을 처방받을 때가 있는데, 바로 개인마다 감수성이
다르기 때문이다. 여기서 말하는 감수성이란 특정한
항생제를 주입했을 때 세균이나 곰팡이가 반응하는
정도를 의미하는 것이다. 감염을 일으킨 미생물이 어떤
항생제에 반응하는지를 알아서 가장 적절한 처방을 하기
위해 시행하는 검사를 '감수성 검사'라고 부른다.

감수성이란
그 존재가 감추고 있는 본질을 알아채고,
외부 여건에 반응하는 능력 혹은 성향을 말하는 것!
그렇다면 우리에게도
감수성 검사가 필요한 건 아닐까.
내 마음이 너무 굳어버린 건 아닌지,
아름다움을 잃어버리고 사는 건 아닌지,
무엇을 좋아하고 무엇을 그리워하는지,
그래서 무엇을 피해야 하고,
또 무엇을 곁에 두어야 하는지,
마음을 노크해보는 검사 말이다.

마법의 주문

가끔 나를 지켜주는 멋진 주문이 하나 있으면
좋겠다, 생각할 때가 있다. 마음이 갈피를 못 잡고
흔들릴 때, 세상이 나를 팽개치기로 작정했다는 느낌이
들 때, 혹은 붙잡고 일어서야 할 손이 필요할 때, 그럴
땐 더 간절하게 나를 지켜줄 주문이 있으면 좋겠다.

브라질의 작가 파울로 코엘료가 그의 소설
〈연금술사〉에서 알려준 주문, 마크 툽(Maktub).
책에는 "모든 것은 기록되어 있다" 그렇게 써 있지만,
최근 코엘료는 그 번역이 그렇게 잘 된 것은 아니라고
말했다.

"모든 것은 기록되어 있다"라고 하면, 이미 정해져
있으니 노력해도 소용없다는 의미로 받아들일 수도
있기 때문에, 원래의 의미에 보다 가까운 해석은 "내가
생각하는 대로 이루어지도록 신은 우리를 돕는다"
정도일 듯하다고 코엘료는 말한다.

먼 나라에만 멋진 주문이 있었던 건 아니다.
우리에게는 "괜찮아"라는 주문이 있었고, 어른들이
들려주시던 또 다른 멋진 주문이 있다.

하룻밤 자고 나면 좋아질 거다.

이 주문이 마음에 든다.
그건 외면하거나
미룬다는 의미가 아니라,
나의 상처에게도 시간을 주자는 의미,
나의 외로움이나 사랑에게도
시간을 주자는 의미일 테니까.

감정에 전염되다

독일 영화 〈타인의 삶〉은 예술가를 감시하던
비밀경찰이 감시하던 사람들로부터 영향을 받게 된
독특한 이야기를 담고 있다. 세상 사람들을 동지와
배신자로 나누던 비밀경찰 비즐러는 따뜻한 온기와
아름다움을 공유하는 삶이 있다는 것에 마음이 흔들리기
시작했다. 그리고 결국 큰 희생을 감수하면서 자신이
감시하던 사람들을 지켜주게 된다.

사회학자 니컬러스 크리스태키스(Nicholas
Christakis)와 제임스 파울러(James Fowler)가 발표한
연구 결과를 보면, 행복한 사람끼리 친구가 될 가능성이

높고, 행복한 사람들과 좋은 관계를 맺을수록 행복해질
가능성도 크다고 한다. 이른바 감정 전염(Emotional
Contagion) 현상이다.

〈타인의 삶〉 속 비즐러도 극작가 드라이저와
연극배우 크리스타를 감시하다가 자신도 모르는 사이에
그들의 아름다운 영혼, 자유로운 삶에 전염되었을
것이다. 감시하고, 자백을 받는 일에 능숙했던 비정한
그의 삶에 균열이 생기고, 결국은 벽 너머 아름다운
사람들을 지켜주게 된 그의 선택이 오래 기억에 남는다.

행복한 사람 곁에 있으면 행복할 확률이 높다는
사회심리학적 연구결과를 들으니
괜히 기분이 좋아진다.
만약 내가 행복한 사람이라면
그 행복을 나누어줄 수 있으니 더욱 행복해질 테고,
만약 내 곁에 행복한 사람이 있다면
그 행복에 물들면서 함께 행복해질 수 있을 테니까.
그렇게 닮고 싶은 사람,
그 행복에 전염되고 싶은 사람을 떠올려본다.

그
말
이
내
게
로
왔
다

징크스

'징크스(Jinx)'란 불길한 일. 사람의 힘으로 어쩔 수 없는 운명적인 것을 의미하는 말.

인간의 상상력은 불가능한 일을 이루기도 하지만, 가상의 불운을 만들어내는 일에도 탁월한 능력을 발휘한다. 어쩌면 실수나 패배를 인정하고 싶지 않은 마음이 '징크스'를 만든 건 아닐까.

고대 그리스에서 마술에 사용하던 새가 있었는데, 딱따구리의 일종인 그 새의 이름이 '징크스'였다는 사실을 상기해 본다.

어쩌면 징크스란,

나뭇가지에 잠시 내려앉았다가

다시 날개를 펼치고 날아가는

새와 같은 것일지도 모르는 일.

그러니 우리 스스로 얼마든지

날려 보낼 수 있고

얼마든지

깰 수 있고 넘어설 수 있는 것.

스프링캠프

1913년 미국 프로야구 메이저리그 팀 시카고 컵스가
플로리다에서 훈련을 위한 '스프링 캠프'를 꾸리면서
프로야구 선수들에게 겨울은 휴식과 재충전과 훈련이
결합된 또 하나의 시즌이 되었다고 한다. 사실 당시만
해도 메이저리거의 연봉이 지금처럼 많지 않아서,
선수들은 시즌이 끝나면 다른 일을 하며 생계를
꾸리다가 새 시즌이 시작되는 4월이 오면 다시 모였다고
한다.

지금은 프로야구만이 아니라 거의 모든 종목의
선수들이 겨울이면 기초 체력훈련을 더 열심히 하고,

자신의 결점을 고치기 위해 혹독한 훈련을 한다. 새 시즌에 눈부신 활약을 보여주는 선수들은 지난 계절을 그만큼 치열하게 보냈을 것이다.

우리의 스프링캠프는 어땠을까. 지난날을 돌아본다. 콩쿨을 준비하는 연주자처럼, 혹은 공모전에 도전하는 학생처럼 치열했을지도 모르는 지난날. 아니면 눈 위에 찍힌 새의 발자국처럼 내 마음에 찍힌 어지러운 발자국을 돌아보는 시간이었을지도 모르겠다.

스프링 캠프란 봄날의 캠프가 아니라
봄날을 위한 캠프.
봄날을 위해 혹독한 시간을 지나왔으니
이제
착한 봄이 열리겠지.
봄이 특별하지 않아도 좋다.
부디 내가 나를 믿고
앞으로 나아갈 수 있기를.
그래서 후회 없이
내 경기를 펼칠 수 있기를.

팝콘 브레인
예방법

버터를 두른 팬의 온도가 올라가면, 어느 순간
톡톡 경쾌한 소리가 들려오기 시작한다. 이제 막 음을
조율하는 악기처럼 조심스럽던 소리가 잠시 후면
본격적으로 들려온다. 팝콘이 터지는 소리도 경쾌하고,
튀어 오르는 팝콘을 보고 있는 것도 즐겁다.

하지만 팝콘은 좋지 않은 의미로 쓰일 때가 많다.
첨단 기기에 익숙해진 뇌가 일상에는 무감각해지는
현상을 '팝콘 브레인'이라고 표현하는 것만 봐도 그렇다.
스마트 기기에 즐비한 콘텐츠들은 짧은 순간에 소비자를
사로잡아야 하기 때문에 톡톡 튀는 문장과 표현을

선호한다. 그러다보니 강렬한 콘텐츠에 익숙해져서
어지간한 것에는 마음이 움직이지 않는다. 놀랍고,
흥미롭고, 낯선 것들이 가득한 세상을 벗어나 현실에
눈을 돌리면평범하고 지루한 일들이 대부분이니까.

'팝콘 브레인'이라는 용어를 만든 데이비드
레비(David Levy)는 새로운 소식이 들어오지 않았나 늘
인터넷에 접속해 있는 사람, 스마트 기기를 보느라 일을
뒤로 미루는 사람이라면팝콘 브레인일 가능성이 높다고
진단한다. 그리고 이런 생활이 계속되면 뇌의 구조까지
바뀐다고 경고한다. 스마트폰에 빠져 있는 우리의 뇌가
지금 이 순간도 조금씩 바뀌고 있을지도 모를 일이다.

팝콘브레인 예방법 몇 가지가 있는데, 그중에서 가장
인상적인 두 가지는 '창밖 바라보기', 그리고 '문자메시지
말고 전화로 연락하기'였다.

노을에 물드는 저녁 하늘을 바라보면서,
눈 내리는 풍경에 마음이 흔들려서
' 아름답지?' 하고 전화를 걸고

그 말이 내게로 왔다

나처럼 문득

마음이 울컥해진 사람이 걸어온 전화를

정성껏 받아주어야겠다.

가슴에 자연을 들이고

생각하고

감정을 나누며

그렇게 다른 마음에게로 걸어 들어가야겠다.

부시 파일럿

알래스카의 앵커리지에는 잘 알려지지 않은
박물관이 있다. 툰드라가 길을 막고, 빙하에
길이 사라져버린 알래스카에서 도달하기 어려운
오지를 찾아가던 조종사들을 추모하는 알래스카
항공박물관이다.

부시 파일럿(Bush pilot)은 오지를 찾아가는 비행사를
부르는 이름이다. 위험을 무릅쓰고 비행에 나선 부시
파일럿은 활주로도 없고, 지도도 없이 오직 자신의 눈과
감각으로 목적지를 찾아내는 조종사들이었다. 지도 밖을
나는 파일럿. 이들의 이름은 알래스카에서도 가장 닿기

어려운 오지의 지명 '부시(Bush)'에서 유래했다고 한다.

부시 파일럿은 위험에 처한 사람들을 구조하는 일에 투입되기도 하고, 물자를 수송하기 힘든 오지에 물자를 수송하거나, 탐험대를 내려주고 몇 달 뒤에 다시 태우러 가기도 한다. 한 마디로 부시 파일럿은 모험의 시대를 상징하는 사람들이었다. 그래서 요즘엔 부시 파일럿을 자발적으로 미지의 세계를 넘나드는 사람이라는 의미로, 길을 내며 가는 도전 정신으로 무장한 사람을 상징하는 말로 쓰기도 한다.

누구에게나 출구도 없고
막막한 오지에 홀로 떨어진 것 같았던 때가
있었을 것이다.
그때 우리에게
부시 파일럿처럼 날아왔던 사람도 있을 것이다.
필요한 것을 가져다주고,
활주로도 없는 곳에 위험을 무릅쓰고 내려서
우리의 손을 잡아준 사람.
혹시 기억해야 할 그 이름을

잊고 사는 건 아닌지.

나도 누군가에게

그렇게 부시 파일럿 같은 사람이

되어준 적이 있었는지 돌아본다.

호모 리플리쿠스

미국 소설가 패트리샤 하이스미스(Patricia Highsmith)의 작품 〈더 탤런티드 미스터 리플리(The Talented Mr. Ripley)〉의 주인공 톰 리플리. 소설가가 창조해낸 주인공 중에 몇 손가락 안에 들 정도로 인상적인 인물이다.

그의 이름을 딴 '리플리 증후군'도 이제는 낯설지 않다. 맷 데이먼 주연의 영화 〈리플리〉에서도 잘 드러난 바 있지만, 리플리는 디키 그린리프처럼 살고 싶어서 그의 사인을 따라하고, 그가 사는 방식을 모방하고, 그가 가지고 있는 것을 자신도 소유하려고 했다.

영화 〈리플리〉의 촬영지 이탈리아 프로치다 섬.

리플리 증후군을 앓고 있는 사람들은 자신이 만든 허구의 세계를 사실이라고 믿으며, 그 허상의 세계에 살 때 비로소 행복한 사람들이다. 역사적으로 가장 유명한 리플리 증후군 사례로는 자신을 러시아의 마지막 공주 아나스타샤(Anastasia)라고 주장했던 애나 앤더슨(Anna Anderson)이 손꼽힌다.

리플리증후군과 비슷하면서도 다른 말, '호모 리플리쿠스(Homo Riplicus)'가 있다. '따라하는 인간', '모방하는 인간'의 성향을 뜻한다. 인류가 지금까지 살아남아 문화와 예술을 간직할 수 있는 것은 모방의 능력이 있었기 때문이라는 말을 기억해본다.

모방하지 않고 어른이 된 사람은 아무도 없다.
모방하지 않고 자신의
세계를 구축한 예술가도 없다.
리플리 증후군은 사양하지만,
우리가 호모 리플리쿠스라는
사실은 기쁘게 받아들이고 싶다.

베두인 위스키

사막에서는 '해도 된다'는 말보다는 '하면 안 된다'는
말을 들을 가능성이 훨씬 높다. 사막에서 살아가는
민족에게 엄한 규율이 많은 건, 그것이 목숨과 직결되어
있을 가능성이 높기 때문이다. 그래서 사막에서는 길을
알려주지 않는 사람을 살인죄로 다스린다고 한다.
사막에서 길을 잃는다는 건 곧 죽음을 의미하니까.

사막에 저녁이 오고, 어디에서도 본 적 없는 밝고
반짝이는 별이 뜨면 사막의 기온은 급격히 내려간다.
그때 사하라 사막에서 살아가는 베두인 족은 물이
있고 땔나무가 있다면 어디에서나 주전자를 걸고 물을

끓인다. 홍차를 마시기 위해서다. 이렇게 마시는 차를 그들은 '베두인 위스키'라고 부른다. 홍차의 붉은 빛이 위스키와 닮아서 그럴까? 외지인들이 호기심에 "왜 이것을 베두인 위스키라고 부르느냐"고 물으면 그들은 "그냥, 독특하고 멋지기 때문"이라고 대답한다. 베두인 족은 홍차를 마시면서도 위스키를 마신 것처럼 기분 좋게 취할 줄 아는 사람들이 아닐까.

베두인 위스키를 마시고 나서, 별을 이불처럼 덮고 잠들기 위해 침낭을 펴는 풍경을 그려 본다. 침낭 아래서 사각거리는 모래소리를, 어느 시인이 "모래알이 서로의 품을 파고드는 소리"라 표현했던 그 소리를 상상해본다.

이곳이 아닌 어느 먼 곳의 풍경. 별이 뜨는 사막을 그려보니 그리움이 도지는 것 같기도 하고. 반대로 그리움이 조금 덜해지는 것 같기도 하다. 황량한 사막에서 '베두인 위스키'를 즐길 줄 아는 사람들처럼, 내일은 그렇게 살아야겠다.

벼랑에 매달린 것처럼
아슬아슬할 때

지금보다 사람들이 좀 덜 바쁘게 살았던 시절에는
신문 연재소설이 인기였다. 영국의 작가 찰스 디킨스도
신문과 잡지에 연재되는 소설로 인기를 누렸다. 그의
연재소설이 특히 인기가 있었던 비결은 스토리가 가장
궁금해지는 대목에서 글을 끊을 줄 알았다는 것이다.
독자들의 심리를 잘 활용했던 이런 기법을 '클리프
행어(cliffhanger) 기법'이라고 한다. 벼랑 끝에
아슬아슬하게 매달린 것 같은 긴장감 넘치는 대목에서
글을 끊어버렸으니, 독자들은 얼마나 궁금해 하며
내일을 혹은 다음 달을 기다렸을까.

당시에 연재소설을 쓰던 작가들은 대부분 작품을
완성해놓고 나누어 실었지만, 찰스 디킨스는 독자들의
반응을 즐기고, 스토리에 반영하면서 연재를 해나갔다고
한다. 그리고 연재가 끝나면 그 작품으로 낭독회를
열었고, 목소리가 좋기로 유명한 작가였던 만큼
독자들로부터 더 큰 환호를 받았다고 한다.

살짝 궁금해지는 지점에서
잠시 멈출 것,
다음 만남이 기다려질 법한
적절한 시점에 헤어질 것.

지겹도록 만나고, 지겹도록 많은 메시지를 주고 받는
요즘 연애에도 클리프 행어 기법이 필요할 것 같다.

웃고 있어도
눈물이 난다

마음으로는 울고 있어도 사람들 앞에서는 웃어야
하는 상황에 처하게 될 때가 있다. 그럴 때면 이것 역시
사는 과정의 하나려니, 마음을 다독여 보지만 그래도 참
쓸쓸하다.

이런 경우가 좀 더 잦거나 심하면 혹시 '스마일
마스크 증후군'은 아닌가 살펴보아야 한다. 화를
내야 마땅하고, 슬퍼해도 되고, 거부 의사를 밝혀도
되는 상황에서조차 그저 웃고 있다면 '스마일 마스크
증후군'일 가능성이 높다.

항상 밝은 모습을 보여야 한다는 강박을 가진
사람이거나, 대외적으로 착한 사람 이미지로 기억되고
싶은 사람들은 더 취약하다. 또한 친하지 않은
사람들에게 자신의 솔직한 모습을 보여주기 싫은 심리,
복잡한 인간관계, 일상이 되어버린 경쟁, 과도한 업무
등도 원인으로 꼽을 수 있다고 한다.

겉으로는 웃지만 속으론 울고 있는 감정의 불균형을
방치하지 말라고 전문가들은 조언한다. 정말 나를
이해해줄 사람을 만나 이야기를 나누거나 치료사를
만나 상담을 하는 등 상대를 믿고 감정을 솔직하게
표현하라고 권고한다. 그것이 어렵다면 운동처럼 몸을
움직이는 취미활동을 통해서 적절히 해소하는 것이
필요하다고 한다.

어떤 시스템이든 제도든, 어떤 사상이며 도구든
인간의 행복을 위해 만들어졌을 것이다. 그런데 정작
우리는 행복에서 밀려나 먼 곳에 유배되어 있다는
생각이 들곤 한다.

감정의 균형을 찾는 일은 중요하다. 그러니 상대방을 믿고 솔직하게 마음을 표현하라는 처방도 기억해두고, 운동이든 춤이든 몸을 통해 감정의 찌꺼기를 내보내는 훈련을 자주 해봐야겠다.

잉여현실

오래 전에 '사이코드라마'를 몇 번 보았다. 객석에
있는 누구라도 자유롭게 무대에 올라 자신의 마음을
치유하는 경험을 할 수 있는 자리였다. 대학로의
소극장에서 열린 사이코드라마의 무대에는 남편과
사별한 중년 여인이 올랐다. 연출을 담당하는 의사는
여인에게 '남편과 함께 있고 싶었던 순간'으로 돌아갈
수 있는 기회를 주었다. 여인은 남편이 병원에서 보내던
마지막 하루를 택했다. 그때 아내는 남편이 하루라도,
10분이라도 더 살아주기를 간절히 원했기 때문에 남편이
먹고 싶어 하던 것을 끝내 먹지 못하게 했다고 한다.
그것이 너무나 후회되어 아직도 마음이 아프다고 했다.

다시 한 번 그 순간으로 돌아간 아내는 '먹고 싶던 음식
먹여서 보내지 못해 미안하다'고 말하며 울었다. 그렇게
여인은 사무치는 후회를 만회할 수 있는 기회를 갖게
되었다. 무대에서 펑펑 눈물을 쏟았던 여인은 이제
마음이 조금은 가벼워졌다고 했다.

'잉여현실'이란 사이코드라마의 기본 개념으로,
주관적으로 느끼고 지각하는 주인공의 진실을 의미한다.
시간과 감정을 재구성해보는 방식인 셈이다. 삶은 두 번
살 수 없지만, 좀처럼 벗어날 수 없는 상처의 순간으로
다시 돌아가서 그때 남긴 상처를 쓰다듬어주고, 그때
맺힌 감정의 매듭을 풀어주는 기회를 가질 수 있다는
것은 다행스러운 일이다. 상처에 갇힌 사람들을 풀어줄
수 있을 테니.

다시 생각하고 싶지 않은
부끄러운 시간으로 돌아가서,
혼자서는 뽑을 수 없는
못 박힌 시간으로 돌아가서,
다시 한 번 나에게

그 시간과 사건과 감정을
천천히 정직하게 들여다볼
기회를 주자.
발 묶여 있던 시간과
감정으로부터 자유로워지고,
해묵은 상처들을 치유할 수 있도록.
내 스스로 갇혔던 감옥의 문을
열고 나올 수 있도록.

그런 날들 속으로
성큼성큼

'킨포크(kinfolk)'라는 단어를 널리 알린 한 잡지는
킨포크 라이프를 이렇게 설명하고 있다.

우리는 그저 친구들과 테이블에 마주 앉아
음식을 나누고 차를 마시는 것만으로
삶이 얼마나 충만해지는지 잘 알고 있다.
나를 진정으로 쉬게 하고,
또 내가 좋아하는 사람들과 함께하는
시간과 장소를 만드는 수고로움이야말로
우리의 삶을 다시 살아 숨 쉬게 하는
치유라고 믿는다.

만약 어느 따뜻한 봄날에 늘 그랬던 것처럼 바쁜 하루를 보내고 집으로 돌아갔는데 이웃집 마당에서 나를 부르는 소리가 들린다면, 그리고 그 마당에 따뜻하고도 소박한 음식이 차려져 있고, 적당한 음악이 흐르고, 사람들이 나누는 이야기와 웃음소리가 퍼진다면 어떨까? 행복이 무엇인지 모른다고 하더라도, 행복이 어디에 있는지 모른다고 하더라도, 그 순간만큼은 '이런 게 행복이지' 하는 생각이 절로 들 것 같다.

중요한 건 생각!
그 다음에 중요한 건 선택!
그리고 가장 중요한 건 행동!

텔레비전 앞에 혼자 앉아 있는 저녁도 나쁠 건 없지만, 친구와 함께 먹을 빵을 자르는 저녁이 조금 더 아름답고, 정신없이 먹는 식사보다는 앞에 앉은 이의 이야기에 귀 기울이며 눈 맞추는 느린 저녁이 훨씬 더 따뜻할 것이다. 그런 날들 속으로 성큼성큼 걸어가고 싶다.

새의 눈으로
돌아보다

언젠가 철새들의 이동을 철새의 눈으로 찍은
다큐멘터리를 본 적이 있다. 멀리서 새들이 날아가는
것을 찍은 것과 실제로 높은 상공을 날아가는 새의
시선으로 찍은 필름은 충격적일 만큼 달랐다. 철새들의
이동이 목숨을 건 비행이라는 것을 알았고, 높은 곳에서
본 세상은 아름답다기보다는 두렵고 뭉클하다는 사실도
알게 되었다.

언젠가 칸에서 한 카메라 기자가 식사를 하느라 잠시
소형카메라를 성벽 위에 내려놓았는데, 갈매기가 우연히
이 카메라를 물고 날아가면서 찍은 영상이 화제가 된

적이 있다. 짧은 필름이지만, 역동적이고 이색적인 칸의 풍경이 담겼다고 한다. 그렇게 새가 날아오르는 것 같은 시선으로 찍는 촬영기법을 '버드 아이 뷰(Bird's-eye view)'라고 부른다.

세상은 자주
우리를 속 좁은 사람이 되게 하고,
고개를 숙이고 발만 바라보게 하지만
마음에는 언제나 작은 새를 한 마리 키워서
그 새의 눈으로 넓은 세상을 보고,
너그럽게 바라보는 시선을 키워야지
목숨을 걸고 겨울 서식지를 향해
날아가는 철새처럼
절박해서 더 싱싱할 수밖에 없는
생명력을 수혈받아야지.

그
말
이
내
게
로
왔
다

하늘

저녁에 집으로 돌아갈 때에는 아침에 집을 나설 때보다 키도 몇 센티 작아진 것 같고, 가슴의 면적도 줄어든 것 같고, 옹색한 내가 되어 집으로 돌아간다.

가로등이 반짝 들어오는 순간처럼 원대한 생각이 마음에 켜지면 좋을 텐데 현실은 그렇지가 않다.

속상할 때 바라보라고 저기 하늘이 있다!

통찰의 시 한 줄을 진통제로 삼는다

봄

날이 포근해진다.
이제 조금만 더 따뜻해지면
얇은 담요 하나 무릎에 얹고
바깥에서 친구들과
저녁을 먹을 수 있는 날이 다가온다.

문샷 싱킹

달을 자세히 보려면? 우주 망원경 성능 개선 방법을
연구한다. 아니, 달 탐사선을 만들어 직접 달에 간다!

아직 인터넷이 연결되지 않는 오지에 인터넷을
연결하는 방법? 돈도 많이 들고 시간도 오래 걸리는
기지국을 만드는 대신 열기구를 띄워서 와이파이를 쓰게
해주자!

혁신의 아이콘 구글의 기업가 정신인 문샷
싱킹(moonshot thinking)과 세계 어디에서나 인터넷을
쓸 수 있는 세상을 만들기 위한 프로젝트 룬(Project

Loon)이 추구하는 것이다. 눈앞의 소소한 일들을
소중하게 여기는 것과는 별개로, 큰 그림을 그리는
인생의 도구로 간직할 만한 창의적 생각들이다.

'문샷 싱킹'은
달에 관한 생각이 아니다.
우리가 갇혀 있는 고정관념의 틀로부터,
이건 이래야 한다고 정해놓은 강요로부터,
이번 생엔 틀렸다는 자조적인 생각으로부터
경쾌하게 튕겨져 나오겠다고
스스로에게 선언하는 것이다.

그
말
이
내
게
로
왔
다

쉼표가 많아서 좋아

논리적인 말들로 가득한 하루를 보내고 나면 아무 말도 하기 싫거나, 좀 허술한 대화가 그리워진다. 무슨 말을 해도 다 통과되는 시간, 쉼표가 많아서 좋은 대화 말이다.

말 속에 담긴 본심을 알아주면 좋을 텐데.
맞춤법 검사를 하듯 말꼬리만 잡지 말고.
내 생각이 틀릴 수도 있다고 인정할 수 있고
아무리 옳은 확신이라도
다른 사람에게 강요하지 않으면 좋을 텐데.

불행의 도취

영화 〈드라이빙 미스 데이지〉를 보았을 때, 데이지와
흑인 운전사 호크가 나누는 우정 말고도 눈에 들어온
것이 있었다. 노년의 데이지가 커다란 집에 혼자 외롭게
살고 있는 모습. 저 큰 집을 버리고 인간적인 규모의
작은 공간에 살았더라면 어땠을까 하는 생각.

무조건 큰 집을 선호하던 시대는 이제 지나갔다.
집을 줄이고, 소유를 신중하게 생각하고, 소비를 줄이는
소위 '다운사이징'이 퍼지고 있다. 많은 소득보다는 삶을
누릴 수 있는 여유를 선택하겠다는 사람들이 확실히
늘어났다.

철학자이자 사회학자였던 마르쿠제는

'불행의 도취'라는 표현을 썼다.

그가 말한 '불행의 도취'란

더 많이 일하고,

그 수고와 피로를 잊기 위해

더 많이 소비하고,

더 많이 소비하기 위해

또 다시 더 많이 일해야 하는 악순환을 의미한다.

불행의 도취에서 깨어나,

소유할 걱정 대신 누리는 만족을 찾고,

내일에 대한 불안 대신

오늘의 편안한 휴식을 누리라고

나 자신에게

자꾸자꾸 속삭여주어야겠다.

거울

건물 전면이 온통 유리로 된 찻집이 있다. 그곳에서
차를 마시다보면 종종 재미있는 상황이 연출된다.
건물 외벽이 약간 기울어져 있어서 유리에 비춰지는
모습이 실제보다 좀 더 늘씬하게 보이기 때문인지
지나가던 사람이 걸음을 멈추고 유리에 비친 자신의
모습을 유심히 바라보곤 하기 때문이다. 어떤 사람은
화장을 고치고, 어떤 사람은 모델처럼 걸음걸이며
옷차림을 비춰본다. 표정이 자세히 보이지는 않지만
그 찻집 유리에 자신을 비추는 사람들은 대체로 행복한
표정이다.

심리학과 정신의학에서는 거울을 활용하는 방식이 조금 다르다. 심리학에서는 거울을 마음을 비추는 일종의 도구로 해석하는 반면에, 의학에서는 치유의 도구로 '거울'을 사용한다.

심리학에서 말하는 거울효과에는 여러 가지가 있지만 한 가지 예를 들어보자면 이런 것이다. 사람이 많이 지나다니는 곳에 사탕바구니를 가져다두면 아이들이 사탕을 한 주먹씩 집어 가는데, 사탕바구니 옆에 거울을 가져다두면 사탕을 쥐었다가도 도로 놓고 간다는 것이다. 반면 의학에서 말하는 '거울효과'는 이렇다. 사고로 다리를 잃고 고통에 시달리는 환자에게 거울을 통해서 다리가 온전히 있는 것처럼 보이도록 하는 것만으로도 실제로 통증을 줄일 수 있다는 것이다.

인간이 발명한 도구 중에서 가장 매혹적인 도구가 '거울'이 아닐까. 유리창이 밖을 보게 한다면, 거울은 나를 비추어서 자신의 모습을 보게 한다. 치료자도 되고, 상담자도 되는, 매혹적인 수렴의 도구. 어쩌면 거울과 마술은 같은 어원에서 출발하는 건 아닐까 싶다.

나는 오늘 하루 몇 번이나

거울 앞에 서서

나를 비추었을까?

그때마다 거울은

나에게 어떤 속삭임을 들려주었을까?

감정 라벨링

오늘 하루 얼마나 많은 감정이 내 삶을 다녀갔을까?
기쁨도 다녀가고, 질투도 짜증도 다녀가고, 충만함도
우울도 다녀가고⋯⋯. 내 것이면서도 결코 내
마음대로 다루어지지 않는 마음! 그 마음을 알아차리는
일이야말로 가장 중요한 공부, 가장 길고 어려운 공부인
듯 싶다.

사회심리학과 신경과학 분야의 권위자 매튜
리버만(Matthew Lieberman) 박사는 감정에 이름을
붙이는 것만으로도 평정심을 찾는 데 큰 도움이 된다고
충고한다. "나는 지금 화가 나", "지금 더 원하는 것이

없을 정도로 충만해", "나는 무기력해" 이런 식으로
지금 느끼는 감정에 이름을 붙여주라는 것이다. 이를
감정 라벨링(labeling)이라고 한다. 이 과정이 중요한
이유는 뇌의 기능 중에 브레이크 역할을 하는 부위를
활성화시키기 때문이라고 한다.

감정 라벨링을 한 다음에는 그것을 가만히 지켜보는
시간이 필요하다고 한다. 내 감정을 억제하거나
외면하는 것이 아니라, 단지 반응하지 않는 것이
중요하다는 것이다. 감정을 '모자'나 '의자'라고
생각하고, 물끄러미 바라보는 시간을 갖게 되면 그
감정에서 초탈할 수 있고, 재인식하게 되고, 드러난
감정의 뒷면에 있던 것들을 알아차릴 수 있게 된다고
한다. 정말로 그런 시간들이 반복되다 보면 어느덧
어지간한 일과 감정에는 흔들리지 않는 평온한 상태에
이를 수 있을지도 모르겠다.

지금 나는 하고 싶은 일을 하고 있어서 행복해.
피곤하지만 집으로 돌아가고 있어서 기분 좋아. 오늘
감정 라벨링은 이랬으면 좋겠다.

홈리스 폰트

우리가 찾아낼 수 있는
희망의 방식은
얼마나 다양한가!

바르셀로나에서 노숙자들을 돕는 어느 단체에서 한
노숙자가 박스에 써놓은 글씨를 보고 고마운 아이디어를
냈다. 노숙자의 손글씨를 본떠 새로운 폰트를 만들었고,
이를 '홈리스 폰트'라고 이름을 붙였다. 그리고 이
폰트를 판매한 수익금으로 노숙자들의 자립을 돕는다고
한다.

'font(폰트)'는 '녹이다', '주조하다' 등의 뜻을 가지고 있다. 활자를 하나씩 골라 조판하던 시대의 흔적이 담긴 단어인 셈이다. 홈리스 폰트를 만든 마음에서 폰트의 어원에 담긴 정성과 수고가 느껴진다. 무심코 적었을 글씨가 폰트로 남았다는 의미도 있고, 자립의 희망과 의지까지 선물했다는 점에서 더 감동적이다.

글씨체로 사람을 도울 수 있고
희망을 줄 수도 있다면
세상엔 희망의 도구가 될 수 있는 것이
얼마나 많은 것일까.

그
말
이
내
게
로
왔
다

스푸트니크

무라카미 하루키의 소설 중에 〈스푸트니크의
연인〉이라는 작품이 있다. 이 소설 제목에 최초의
인공위성 이름인 '스푸트니크'가 등장하는 것은 무라카미
하루키가 '오해'에 관한 이야기를 하고 싶었기 때문이다.

소설 속에는 '뮤'라는 매력적인 주인공이 등장한다.
그녀는 작가 '잭 케루악'을 좋아한다. 잭 케루악이
활동하던 시대의 작가들을 '비트니크파(beatnic)'라고
부르는데, '뮤'는 그것을 '스푸트니크 파'로 잘못 알고
있었다. 그래서 '뮤'에겐 '스푸트니크의 연인'이라는
별명이 붙게 된다.

최초의 인공위성 '스푸트니크'는 '여행의 동반자'라는
뜻을 가지고 있다. 그런데 인공위성은 한 번 지구를
떠나면 다시는 돌아올 수 없는 운명을 가졌으니, 돌아올
수 없는 곳으로 떠나 홀로 우주를 떠돌 인공위성에
'여행의 동반자'라는 의미를 부여한 것 역시 '오해'라는
단어를 떠올리게 한다.

무라카미 하루키는 이 작품에 등장하는 '스미레'를
통해 "이해는 항상 오해에 지나지 않는다"고 써놓았다.
고개를 끄덕이게 되는 말이다.

이해와 오해 사이에서
마음을 번역하느라 고단한 것이
우리의 삶인지도 모른다.
그러니 "당신을 이해할 수 있다"는 말은
조금 더 조심스럽게
사용되어야 하는 것이
아닐는지.

그 말이 내게로 왔다

Part _ 03

벚꽃, 피었다

지난주만 해도 빈 가지였던 나무에 마법이 일어났다.
흐뭇하고 화사한 일이.

벚꽃, 피었다.

청춘은 이 아름다운 순간을 함께 누리고 싶은
사람을 떠올리고,
그 시절을 지나온 사람들은
이 아름다운 순간을 함께
누렸던 사람들을 떠올리겠지.

벚꽃 속에는 '현재진행형'과 '과거완료형'이
함께 피고 진다.

낙엽 질 때의 그리움과
벚꽃 필 때의 그리움은 완연히 다르다.
만날 수 있으나 만나지 않는 그리움과
만나고 싶지만 만날 수 없는 그리움이 다르듯이.

살아서 함께 누려야 할
이 아름다움을 나눌 수 없다는 애절함.
나 혼자 누리는 아름다움이 미안해서 아픈 마음.

그러니 벚꽃처럼 아름다운 것을 보았을 때는
외로운 누군가를 보살피라는 뜻으로 받아들일 것.

화사한 벚꽃이
'당신은 혼자가 아니다'라는 증거로
사용될 수 있도록.
'너는 나다'라는 증거로
사용될 수 있도록.

아폴로 신드롬

아폴로 우주선을 만드는 일처럼 고도의 능력이
필요한 일은 뛰어난 인재로만 팀을 구성해야 한다고
생각하기 쉽다. 하지만 실제로는 그렇지 않다. 한 실험
결과에 따르면 탁월한 인재들로 구성한 25개의 팀
중에서 프로젝트를 성공적으로 수행한 팀은 고작 세
팀밖에 없었다고 한다. 뛰어난 인재들답게 자기주장이
강했고, 다른 사람의 잘못을 지적하는 데 너무 많은
시간을 소모했기 때문이다.

영국의 경영학자 메러디스 벨빈(Meredith Belbin)은
이런 현상을 '아폴로 신드롬'이라고 불렀다. 유능한

사람들만 모여서 일을 하면 눈에 띄게 좋은 성과를 낼
거라고 생각하지만 실제로는 그렇지 않다는 것이다.

　그렇다면 '유능하다'는 것은 무엇을 의미하는 걸까?
뛰어난 능력만으로 유능함을 따진다면, 조만간 그
유능함의 자리는 인공지능에게 내어줘야 할지도 모른다.
흩어져 있는 것을 모아서 의미 있게 만들어낼 수 있는
능력. 밀가루 상태로 존재하는 것들에 물을 부어 맛있게
반죽해낼 수 있는 능력을 '유능하다'는 뜻으로 여겨야
하는 건 아닐까.

날짜 변경선

이 선을 넘어가면 어제가 되고, 내일이 된다.
존재하되, 존재하지 않는 마법의 선이다.

날짜 변경선이 만들어진 것은 1884년. 항해술이
발달하면서 전 세계가 통일된 시간체계를 가질 필요성이
생겼고, 그래서 그리니치 천문대가 있는 런던을
기준으로 지구를 15도씩 분할해서 1시간씩의 시차를
두게 되었는데, 문제는 런던의 정반대편에 있는 곳은
'오늘이면서 내일'이 되는 난처한 상황에 처하게 된다는
것이었다. 바로 그것을 해결하기 위해서 날짜 변경선이
만들어진 것이다. 날짜 변경선은 생김새도 기묘하다.

지그재그로 되어 있는데, 한 나라에 어제와 오늘이 함께 있는 혼란을 막기 위해서 그런 모양이 되었다고 한다.

경도 180도, 날짜 변경선에 걸쳐 있는 나라가 서사모아였다. '였다'인 이유는 몇 해 전 서사모아가 날짜변경선을 옮겼기 때문이다. 그래서 지구에서 해가 가장 늦게 지는 나라였던 서사모아는 이제 해가 가장 먼저 뜨는 나라가 되었다. 그렇게 날짜 변경선을 옮기는 과정에서 한 해의 마지막 날이 통째로 사라져버리기도 했다고 한다. 하루가 사라져버리다니! 마치 오래 전의 신화를 듣는 것 같다.

우리의 하루에는

감정 변경선이 존재하는 건 아닐까.

모든 일들이 마음먹기 나름이라는 말 속엔

감정 변경선이 포함되어 있는 건 아닐까.

타인에게도 나에게도

가혹한 잣대를 들이대는 걸 멈추고

모든 눈물과 한숨과 과장과 변덕스러움이

삶의 한 과정이라고 받아들이는,

감정 변경선을 넘어

자신에게로 돌아오는 당신을 환영한다!

화무십일홍

'열흘 붉은 꽃이 없다'고 인생무상을 말하는
화무십일홍. 이 이야기의 원전으로 거론되는 글 중에는
송나라의 시인 '양만리(楊萬里)'가 '월계(月季)'라는 야생
장미의 생명력을 노래한 시도 있다. 이 시에 의하면
'화무십일홍'은 우리가 생각하는 것과 조금 다른 의미를
갖는다.

    지도화무십일홍(只道花無十日紅)
    차화무일무춘풍(此花無日無春風)

    꽃이 피면 열흘을 못 넘긴다고 하지만

이 꽃만은 날도 없고 봄바람도 필요 없네.

누군가는 월계꽃을 서리와 눈도 두려워하지 않고
꽃을 피운다고 해서 '투설홍(鬪雪紅)'이라고 불렸고, 또
다른 이는 봄을 이기는 꽃이라고 '승춘(勝春)'이라고
불렀다고 한다. 이 꽃이 지닌 특별한 의미를 알고
있는 지혜로운 권력자는 백성을 존중하겠다는 의미로
월계꽃을 심었다는 이야기도 전해진다.

예쁜 것에만 취해 있으면
허무함을 느끼기 쉽지만,
아름다운 것에서
준엄한 삶의 의미까지 깨우칠 수 있다면
사철 아름다운 꽃을 피울 수 있다는
비장한 의미가 담겨 있는 말,
허무함이 아니라 강인함을 노래하는 이 말,
화무십일홍의 또다른 의미를
기억해 두어야겠다.

고무의 시간

인도네시아의 수마트라 섬에는 '잼 카렛(Jam Karet)'이라는 말이 있다. 그 말을 있는 그대로 번역하자면 '고무의 시간'이라는 뜻이다. 고무나무에서 고무가 추출되기까지는 적지 않은 시간이 필요하다는 의미다. 고무나무 수액을 받아내고, 그것을 건조하고 응고시키려면, 일정한 시간이 반드시 필요한데, 화학적 응고제를 사용한다 하더라도, 그 시간은 건너뛸 수도 없고 단축시키기도 어렵다.

그러니 고무를 얻기 위해서는 기다려야 한다는 것. 바로 그 기다림에서 나온 말이 '잼 카렛'이다.

수마트라 섬 사람들은 일상에서 좌절감을 걸러내고,
피할 수 없는 일들을 받아들이는 의미로도 '잼
카렛'이라는 말을 사용한다고 한다.

고무나무 곁에서 일하는 사람들이,
가장 많이 하는 일에서 얻어낸 삶의 성찰.
그러니 가장 흔한 것에서
귀한 것을 추출해내는 일이야말로,
가장 많이 하는 일에서
소중한 깨달음을 찾아내는 일이야말로
인생의 연금술이라고 할 수 있겠다.

러너스 하이

마라톤 중에 경험하게 된다는 러너스 하이(Runner's high). 마치 자신이 몸 밖으로 빠져나간 것과 같은 황홀을 경험하는 시간. 그런데 마라톤을 뛰는 모든 사람에게 러너스 하이가 찾아오는 건 아니다.

치열한 경쟁을 펼칠 때에는 러너스 하이를 경험할 수 없고, 러닝머신에서 40킬로미터를 뛰어도 그런 느낌은 찾아오지 않는다고 한다. 오직 편안하고 즐겁게, 정말 하고 싶은 마음으로 자연 속에서 달릴 때에만 러너스 하이를 느낄 수 있기 때문이다.

러너스 하이는,

마라톤을 좋아하게 만드는 이유라기보다는,

왜 달리려고 하는지,

원래의 마음을 상기시켜주는

역할을 하는 것이 아닐까.

자연 속에서 편안하게 달리라는 것,

행복해지라는 것,

'러너스 하이'가 건네고자 했던 말에

귀 기울여본다.

인생의
한 페이지를 넘어갈 때

　책을 이루는 한 장 한 장, 우리말로는 '쪽'이라고
하는 '페이지(page)'는 라틴어 '파지나(pagina)'에서 나온
말이다. '파지나'의 어원에는 포도넝쿨이라는 뜻이 들어
있다. 그러니까 포도 알을 하나하나 맛보듯 책장을 한
장씩 음미하라는 뜻이 담겨 있는 것이겠지. 어떤 중요한
일을 앞두고 있을 때, 내 인생의 한 페이지를 넘기고
있다는 생각이 들 때, 앞으로는 '페이지'라는 단어의
어원을 떠올려야겠다. 시간의 갈피갈피를 포도를 한
알씩 먹듯 음미하면, 우리가 소망하는 성취나 행복에
조금은 가까워지지 않을까 싶다.

용기란
영혼이 인내하는
힘

극한 지역에 사는 민족에게는 용기가 생의 기본
조건이다. 이누이트족, 우리가 흔히 에스키모라고
부르는 이누이트족의 언어에도 '불굴의 용기'를 의미하는
단어가 있다. '이요나무트'라는 말인데, 이 단어가
의미하는 불굴의 용기란 두려움을 모르고 앞으로
나아가는 것만을 의미하는 건 아니다.

운명적인 것이 다가온다.
두렵지만 우리는 주저앉지 않는다.
이것이 우리에게 주어진 삶이다.

이렇게 모든 것을 껴안고 앞으로 나아가는 것을
이누이트족은 '불굴의 용기', 즉 '이요나무트'라고
부른다.

말의 의미를
누군가 오염시킬 때

정서적으로 균형을 갖춘 사람, 모나지 않았고
지적으로도 탁월한 사람을 교양인이라고 부르면 될까?
교양(bildung)은 18세기 후반에 독일에서 시작된
개념이라고 한다. '만들다', '조직하다', '세우다'라는
의미를 가진 동사 'bild'에서 온 단어이다. 자기 내면의
발전을 이루고, 독립된 인격체로 성장하고, 진정한
자아를 실현하며, 부끄러움 없도록 사람이 지켜야 할
도리를 다하는 것이 교양의 의미였을 것이다.

우리가 흔히 고전이라 부르는 작품에서도 '교양'은
중요한 주제였다. 샬롯 브론테의 〈제인 에어〉가 그렇고,

찰스 디킨스의 〈위대한 유산〉도 그렇다. 조지 버나드
쇼의 희곡을 원작으로 하는 영화 〈마이 페어 레이디〉는
교양인의 의미와 허상을 다룬 흥미로운 교과서라고 할
수 있다.

'교양'에 대해서 아주 멋진 정의를 발견했다.

교양이란 권력과 부의 있고 없음 때문에,
혹은 우리가 가진 편견 때문에
사람을 차별하지 않는 것이다.
그것이 진정한 교양인의 자세다.

정의를 내리는 일은 언제나 딱딱하게 느껴지고,
정의를 내리면 내릴수록 더 어려워지기도 한다. 하지만
이렇게 뭉클한 정의를 발견하게 되면, 정의를 내리는
것이 본질을 보는 힘이 되는 일임을 깨닫게 된다.

행복이란, 가족이란, 정의란, 친구란, 사랑이란,
이런 말들을 어떻게 정의 내리고 있는지에 따라서
삶의 모양이 달라지는 것은 아닐까. 삶이란 우리들이

그
말
이
내
게
로
왔
다

생각하고 사용하는 말이 쌓아올린 탑과도 같은 것일
테니.

　　그러니 내가 생각하는 말의 의미를
　　누군가 오염시킬 때는
　　힘껏 싸워야 할 일이다.
　　내 맘 속의 소중한 의미가
　　조금씩 퇴색해갈 때는
　　다시 반짝일 때까지
　　그래서 내가 타협하거나 포기하지 않도록
　　닦고 또 닦아야 할 일이다.

서프라이즈 VS. 서스펜스

알프레드 히치콕 ;

영화 속 대화 장면에서 갑자기 폭발이 일어나
관객들이 깜짝 놀라게 되는 것이 '서프라이즈'다!
위험물을 몰래 설치하는 것을 관객에게만 보여주어서,
등장인물들이 대화하는 내내 위험한 상황이 닥칠까봐
관객들이 긴장하게 된다면 그것이 '서스펜스'다!

나 ;

영화 속에선 서프라이즈도, 서스펜스도 얼마든지
괜찮다. 하지만 현실에서 영화보다 더 놀랍고
조마조마한 일들이 일어나는 건 그만 겪었으면 좋겠다.
누군가를 기쁘게 해주기 위해서 '서프라이즈'를 준비하는
것, 그거 하나만 빼고.

Got shot

오후의 진통제가 되고, 주저앉은 사람을 일으키게
했던 한 잔, 꽉 막혀 있던 머릿속에 반짝이는
아이디어를 선사한 한 잔, 헤어질 뻔했던 사람들을 다시
마주 앉게 해준 한 잔, 그런 차 한 잔을 'Got shot(갓
샷)'이라고 한다.

결정적인 순간의 결정적인 커피 한 잔, 지나치게
뜨겁고 지나치게 차가운 것들을 피할 수 있게 해주고,
은은하고 다정한 것들을 되돌려줄 차 한 잔, 내 안에
있는 가장 빛나는 것을 끌어내줄 한 잔 Got shot!

포도의 눈물

포도를 수확하고 난 뒤, 다음 해 더욱 달고 싱싱한
열매를 맺기 위해 가지치기를 한다. 그러면 포도나무는
가지치기한 곳을 상처로 인식하고, 그 상처를 낫게
하기 위해서 모든 힘을 그곳에 모은다. 겨울을 나는
동안 고요히 움츠리고 있다가 봄이 되면 눈 녹은 물을
힘껏 빨아들이고, 만든 영양분을 가지치기한 그 자리로
밀어 보낸다. 그렇게 가지치기한 자리에서 한 방울씩
떨어지는 수액은 상처를 치유하기 위해 쏟은 포도나무의
눈물겨운 노력이다. 그래서 농부들은 그 수액을 '포도의
눈물'이라고 부른다.

사람의 눈물은
포도의 눈물처럼
상처에서 돋아난 것.
그러니 누구의 눈물도
그냥 지나쳐선 안 된다.

가족 사이의
거리

가족이란 가장 가깝고 사랑하는 사람들이라는
고정관념을 비웃듯, 일본의 영화감독 기타노 다케시는
"가족이란 누가 보지만 않는다면 어딘가로 내다버리고
싶은 존재다"라고 말하기도 했다. 가족을 생각하며
그립고 고마운 마음에 눈물을 흘리는 사람들이 있는가
하면, 고통스러운 기억을 떠올리는 사람들도 있다. 가족
문제를 연구하는 전문가들은 우리가 가족에게 갖는 몇
가지 오해를 이렇게 지적한다.

첫 번째 오해는
가족끼리는 특별한 노력을

기울이지 않아도 된다고 여기는 것.

두 번째 오해는

가족에겐 감정을 다 표현해도 된다고 여기는 것.

세 번째 오해는

가족 관계를 대수롭지 않다고 여기는 것.

네 번째 오해는

가족에게는 모든 기대를 걸어도 된다고 여기는 것.

그렇다면 곁에 있는 것만으로도 든든한 힘이 될 수 있는 가족이 되려면 어떻게 해야 할까?

있는 그대로 사랑하기.

경계선 넘지 않기.

독립과 이별을 인정하기.

느슨하게 간섭하기.

이 네 가지 모두 거리에 관한 충고일 것이다.

사랑하는 사람을 더 아껴줄 수 있는 거리에서부터

사회적 관계를 유지하는 아주 적당한 거리, 그리고

가족 사이의 거리에 이르기까지 어른이 된다는 건 사람

사이의 적절한 거리를 유지할 줄 안다는 뜻인지도
모르겠다.

사랑의 실마리

그리스 신화에서 테세우스가

미궁을 빠져나오기 위해서

아리아드네 공주가 준 실타래를 사용한 것처럼

사소한 것에서

문제 해결의 단서를 찾아내는 사람들이 있다.

마치 아가사 크리스티가 창조한

탐정 엘큐올 포와로처럼, 미스 마플처럼

실마리를 찾는 달인들이 있다.

사랑에 빠진 사람이라면 뜨개질을 하면서도

남들이 놓친 단서를 날카롭게 찾아내는

미스 마플 같아야 하는 건 아닐까.

아주 작은 일에서도

그 사람을 이해할 수 있는 단서를 찾아낼 수 있다면,

그것이 바로

사랑하는 사람을 응원하는 일이 되고,

사랑을 더 깊게 만드는 힘이 될 테니까.

충분히 대신할 수
있을 거라고
생각해!

우울증 치료제, 고도비만 치료제, 아직 결정적인
것이 나오진 않았지만 탈모를 치료한다고 알려진 약,
이런 약들을 '해피 메이커'라고 부른다. 삶의 의욕을
잃은 사람들을 생기 있게 만들고, 자의든 타의든
고립되어버린 사람들을 다시 밝은 햇살 아래로
끌어낸다고 해서 붙은 별명이다.

아무리 '해피 메이커'라는 이름이 붙어 있다 하더라도
안 먹을 수 있다면 그것이 최선. 행복을 약에 의지해서
얻어낼 수는 없다. 그래서 우리에게 정말 필요한 것은
해피 메이커처럼 복용할 수 있는 격려, 배려, 관심이다.

길을 묻는 사람이

길을 찾을 때까지 함께 동행해주는 배려.

울고 있는 사람이

눈물을 그칠 때까지 곁에 있어주는 관심.

따뜻한 밥을 그리워하는 사람에게

한 끼 차려주는 정성.

이번에 내 앞에 닥친 일은 해낼 수 있다는 자신감.

밑줄이 그어지고, 귀퉁이가 접힌 책도 나누는 마음.

무더운 날 택배를 전해주신 분께 건네는

시원한 물 한 잔.

비오는 날 함께 우산 쓰기.

손으로 쓴 편지 보내기.

잘 지내느냐고 자주 안부 묻기.

이런 일들이 '해피 메이커'를 충분히 대신할 수 있을
것이다.

갈치방석

한 요리사가 '갈치방석'이라는 말을 했다. 요리사의
어머니는 갈치조림을 참 맛있게 하셨는데, 갈치조림을
할 때 냄비의 밑바닥에 넣는 무와 시래기, 호박 같은
것을 '갈치방석'이라고 표현하셨다고. 언제나 '나는
갈치방석이 가장 맛있다'고 하면서, 갈치에는 손도 안
대시고 냄비 아래에 놓인 무와 시래기만 드셨다고.
그래서 어머니를 떠올리면 늘 '갈치방석'이 생각나서
울컥해진다고.

공짜

정말로 공짜인 것들은 너무 귀해서 값을 매길 수
없는 것들, 맑은 공기와 따뜻한 햇살과 선선한 바람과
시원한 폭포 같은 것들 뿐. 그러니 공짜로 제공되는
것들을 누릴 때마다 감사하고 또 감사할 일이다. 그
감사를 잊게 될 때 우리의 우편함에 꽂힐 어마어마한
청구서도 생각해볼 일이다.

진짜 카리스마

　어느 모임에서 '이상형'에 관한 이야기를 나누었다.
한 사람이 그런 말을 했다. 자신의 이상형은 착하지만
만만하지는 않은 사람이라고. 착하기만 해서 이용당하는
사람이 아니라, 마음결은 착하지만 남들이 만만하게
보지 않는 카리스마 있는 사람이었으면 좋겠다고 했다.

　카리스마(Charisma)는 그리스어로 '신의 은총'을
의미한다. 카리스마의 어원에는 '선물'이라는 뜻도 있다.
또 수도자에게 주어지는 고유한 직분을 '카리스마'라고
부르기도 한다. 그리고 한 가지 더. '카리스마'에는
'마땅히 있어야 할 것'이라는 뜻이 포함되어 있다.

심리학에서는 카리스마를 강렬한 힘이 아니라 다른
사람의 마음을 끌어당기는 능력으로 해석한다고 한다.
그러니 카리스마를 갖기 위해 꼭 필요한 조건은 힘이
아니라 공감!

내 마음과 상황을 공감해주어서 내가 기꺼이 따르고
싶게 만드는 따뜻한 카리스마를 가진 사람. 몇몇 좋은
사람들의 얼굴이 떠오른다.

스탕달은
왜 그랬을까?

1817년, 피렌체의 산타 크로체 성당에서 이탈리아
미술의 걸작을 감상한 프랑스 작가 스탕달(Stendhal)은
감동과 충격에 휘청거렸다. 14세기 화가 조토의
프레스코화를 본 감동이 그를 격하게 뒤흔든 것이다.
스탕달은 그때의 심경을 〈나폴리와 피렌체, 밀라노에서
레조까지의 여행〉이라는 책에 이렇게 기록해놓았다.

산타 크로체 성당을 떠나는 순간 심장이 마구 뛰는
것을 느끼기 시작했다. 생명이 빠져나가는 것 같았고,
그대로 쓰러질 것 같았다.

그로부터 160여 년이 지나서 이탈리아의 정신과
의사 그라지엘라 마게리니(Graziella Magherini)는 이런
증상의 사례를 연구한 '스탕달 신드롬'을 발표했다.
마게리니는 스탕달 말고도 그런 증세를 보인 사람들이
꽤 많았다는 것을 알고 본격적인 연구에 착수했다.
특이하게도 단체 관광객들에게는 스탕달 신드롬을 보인
사람들이 없었고, 혼자 혹은 두어 명이 온 여행자 중에
예술성이 뛰어난 작품에 감동을 받아 스탕달 신드롬을
보인 사람들이 많았다고 한다.

스탕달 신드롬을
백만 분의 일로 쪼개서
일상에서 그런 감동을 받는 순간이
많기를 소망한다.
선선한 저녁 바람과 음악,
사랑하는 사람들,
그리고 무엇보다
우리가 살아 있다는 것…….

위대한 작품을 보는 것보다 먼저 작은 것에 스민

감동을 아는 영혼이 된다면, 풀잎 하나에서도 가슴
떨리는 것을 느끼게 된다면, 그것이야말로 우리가 가질
수 있는 가장 소중하고도 위대한 능력이 아닐는지…….
감동을 자주 받는 사람이 행복과 좀 더 가까이에 있는
사람이란 건 검증된 사실이니까.

크로노스와 카이로스

시간을 측정하려는 건 인류의 오랜 욕망이었다.
기원전 3500년 이집트에서는 오벨리스크의 그림자가
움직이는 것을 보면서 시간을 측정했다고 한다.
유럽에서는 르네상스 시대가 시작되면서 정교한 시계가
등장했다.

고대 그리스에서는 시간을 두 가지로 구분했다.
하나는 크로노스(kronos). 달력에 새겨진 시간으로,
우리가 익히 알고 있듯이 흘러가는 시간을 말한다. 또
하나의 시간은 카이로스(kairos). 특별한 의미를 갖는
시간을 뜻한다. 크로노스는 그리스 철학에서 시간 그

자체를 의미하는 말인 반면, 카이로스에는 '기회'라는
뜻이 담겨 있다. 그래서 '카이로스'의 어원을 거슬러
올라가다 보면 '새긴다'는 동사가 나타난다.

　신화 속의 카이로스는 제우스의 막내아들. 앞머리는
길지만 뒷머리가 없었다. 누구에게나 일생에 세 번의
좋은 기회가 찾아온다는데, 그 기회가 바로 카이로스의
모습을 하고 있다. 카이로스는 뒷머리가 없어 잡을 수
없으니, 반드시 지나가기 전에, 있을 때 잡아야 한다는
것.

　크로노스는 누구에게나 공평하게 주어지지만,
카이로스는 당연히 그렇지 않다. 그러니 카이로스를
잡으려면 낯선 곳에 도착한 여행자처럼 살아야겠다.

　어떤 때는 한없이 느긋하고 자유롭게,
또 어떤 때는 매 순간이 놀라운 경험인 듯
예민하게.

세렌디피티

우연히 마주친 인연이 그저 스쳐가지 않고 내
삶에 정착할 때가 있고, 우연히 떠오른 생각이 굉장한
발견이나 성찰로 이어질 때도 있다.

세렌디피티(serendipity)! '행운'의 조금 다른 버전
같은 이 단어를 처음 만들어낸 사람은 18세기 영국의
작가였던 호레이스 월폴(Horace Walpole)이다. 그의
동화 〈세렌딥의 세 왕자〉 속에 나오는 세 왕자는
그들이 몰랐던 것들을 늘 우연히 발견했고, 그것을
지혜롭게 받아들였다. 이 동화에 등장하는 '세렌딥'은
스리랑카의 옛 이름. 호레이스 월폴이 이 작품을 쓴

뒤로 우연히 발견하는 귀중한 무엇을 '세렌디피티'라고
부르게 되었다고 한다. 어쩌면 어디에나 존재하는 기회를
잡는 능력을 '세렌디피티'라고 불러야 하는 건 아닐까.
누구에게나 우연은 찾아오지만 그 우연에서 가능성을
발견하거나 창조적인 무엇을 이끌어내는 것은 각자의
몫이니까.

누벨바그의 거장 '아녜스 바르다'는 〈바르다가
사랑한 얼굴들〉이라는 영화에서 그렇게 말했다.

우연은 항상 최고의 조력자였다.

우연에 기대는 삶을 살 수는 없겠지만, 우연히
찾아온 소중한 무언가가 있을 때 그것을 놓치지 않는
안목, 우연을 필연으로 만들 수 있는 능력이 필요할 것
같다.

우연이 운명일 수도 있다는 믿음이 없다면
어찌 사랑이 시작되겠는가.

르상티망

쇼펜하우어는 레스토랑에 가면 꼭 두 사람이
먹을 메뉴를 주문했는데, 다른 사람이 테이블에 앉지
못하도록 하기 위해서였다고 한다.

일본의 정신과 의사 오카다 다카시는 어떤 사람이
이유 없이 싫어지는 심리적 거부 반응을 '인간
알레르기'라고 표현했다. 철학자 쇼펜하우어도, 니체도,
심지어 〈어린 왕자〉의 생텍쥐페리도 인간 알레르기로
고통 받은 사람들이라고 그는 분석한다.

니체는 인간 알레르기를 일으키는 심리를

'르상티망(ressentiment)'이라는 용어로 표현했다.
'르상티망'은 프랑스어로 타인의 행복을 질투하는
마음, 불행한 감정, 불안하고 불공평한 세상을 향한
패배주의적 분노를 의미한다. '르상티망'은 인간관계를
불편하고 힘든 일로 만들고, 이유 없이 싫은 사람을
만들고, 차이를 인정하지 못하도록 왜곡하며, 분노를
차곡차곡 쌓아서 결국 약자에게 화살을 돌리게 만든다.

혐오가 일상화되어버린 현대인의 자화상이 이 단어
속에 들어 있는 것 같다. 주로 어린 시절에 사랑받지
못한 상처가 '르상티망'을 강하게 만든다고 한다. 그래서
타인에게 거부당했다는 생각이 들면 사랑받지 못한
상처가 되살아나서 분노의 스위치를 눌러버린다는
것이다.

그렇다면 해결책은? 그것 역시 사람에게 있다.
친밀한 사람들과 애착을 형성하면서 심리적 안전
기지를 만들면 인간 알레르기를 극복할 수 있다고 한다.
우리에게 가장 소중한 건 사람, 우리를 가장 힘겹게
하는 것도 사람이다.

평화의 재료

런던의 명소 트라팔가 광장에 가면 네 마리 사자상이
있다. 이 사자상은 전쟁이 끝난 뒤 무기를 녹여 만든
것. 흔히 전쟁이 없는 상태를 평화라고 부르기도 하지만
그건 아주 좁은 의미에서의 해석이다. 평화란 분쟁과
다툼이 없이 서로 이해하는 상태, 서로 우호적으로
조화를 이루는 상태를 일컫는 것이란다.

이슬람에서는 서로 인사를 나눌 때 손바닥을 들어
이마에 대고 '살람(salam)'이라고 말한다. 살람에는
사람이 처음 태어날 때의 상태, 즉 사랑으로 충만하고
나쁜 생각으로 더럽혀지지 않은 상태로 태어난 것을

기억하자는 의미가 담겨 있다고 한다.

중부 아프리카에서는 평화를 '킨도키(Kindoki)'라고
부른다. 킨도키는 인간 사이의 조화만이 아니라 인간과
자연, 우주의 조화를 뜻하는 보다 원대한 의미의 평화를
말한다.

평화는 어디 멀리서 오는 것이 아니라
원래 우리에게 있던 것들을 회복함으로써
찾을 수 있는 것이 아닐까.
우리는 모두 평화롭게 태어났지만,
욕심과 갈등과 오해로
평화를 훼손하며 살아왔는지도 모른다.
우리를 힘겹게 하는 것들을 잘 다스릴 때
그것이 역설적으로
평화의 재료가 될 것이다.

예민한 프루스트 씨

기억은 일종의 약국이나 실험실과 유사하다.
아무렇게나 내민 손에
어떤 때는 진정제가
또 어떤 때는 독약이 잡히기도 한다.

〈잃어버린 시간을 찾아서〉의 작가 마르셀
프루스트의 문장이다. 평생을 괴롭힌 천식 때문에
말년에는 코르크로 둘러싸인 방에서 침대에 누워
글을 썼던 마르셀 프루스트는 이 문장처럼 '기억' 혹은
'회상'으로도 유명하다. 한동안 잊고 지내던 어떤 것을
냄새를 통해 다시 머릿속에 불러일으키고 마음에 들이게

되는 프루스트 효과! 〈잃어버린 시간을 찾아서〉에서도
우리를 어딘가로 이끌고 가는 것은 홍차와 마들렌이다.
영화 〈마담 프루스트의 비밀정원〉에서도 피아니스트
폴이 마담 프루스트의 정원에서 자라는 약초로 만든
차를 마시면서 돌아가고 싶은 순간의 기억 속으로
여행을 떠난다. 누군가에겐 풀꽃 향이 소설 속의 홍차
같은 역할을 할 테고, 누군가에겐 오래된 책의 냄새가
시간 여행을 떠나게 할 것이다. 또 어떤 이에겐 비
냄새가, 밥 짓는 냄새가, 커피 향기가……

외출을 할 때면
외투 깃에 동백꽃을 꽂고 나섰다는
마르셀 프루스트,
아마 그 향을 맡으며 바람 사이를
걷고 싶었던 것은 아닐까.
그토록 예민했던 프루스트 씨는
어떤 기억이
그리웠던 걸까.

서스펜디드 커피

달 탐사에 나섰던 우주선 아폴로 13호는 산소탱크가
파열되는 사고를 겪으면서 어렵게 지구로 귀환하게
된다. 그들이 우여곡절 끝에 지구로 돌아올 때,
나사에선 귀환하는 우주인들을 반기며 이렇게 말했다.

당신들은 지금
뜨거운 커피를 향한 길을 오고 있는 것이다.

커피 한 잔의 여유는 한가한 사람의 여유이거나
감상적인 순간에 어울리는 것만은 아니다. 일상에
지치지 않도록 내가 나를 기다려주는 시간, 내가 길을

그 말이 내게로 왔다

잃지 않도록 격려하는 귀한 시간이기도 하다.

　그중에서도 특별한 커피 한 잔, 서스펜디드
커피(Suspended coffee). 돈이 없어 커피를 마시지
못하는 노숙자나 가난한 이웃을 위해 누군가가 미리
비용을 지불하고 맡겨두는 커피를 이렇게 부른다. 100년
전 이탈리아 나폴리의 한 카페에서 시작된 서스펜디드
커피는 커피를 주문하면서 가난한 사람을 위한 커피
한잔을 더 주문하고 미리 계산해두면 된다. 그러면
가난한 누군가가 찾아와서 '서스펜디드 커피 있나요?'
하고 물을 때 미리 기부된 커피를 내어준다고 한다.

　한 잔의 커피보다 더 절실하게 필요한 것이 있을
수도 있지만, 누구에게나 차 한 잔 마실 여유가
필요하다. '생존'보다 '인간의 품위'를 인정하고 선물하는
것이어서 서스펜디드 커피는 더욱 의미 있다. 지진이
일어나 하루아침에 생활의 터전이 무너진 곳에서도
사람들이 정말 원했던 것은 차 한 잔 마실 공간이
마련되는 것이었다고 한다. 그러니 차 한 잔의 시간이란
우리가 생각하는 것보다 훨씬 더 강력하고 아름다운

그 말이 내게로 왔다

힘을 가지고 있다. 생과 사를 넘나들며 우주에서 지구로
귀환하는 사람들을 향한 인사 역시 '한 잔의 커피'였던
것처럼…….

Revolution

천문학에서는 공전주기를 뜻하는 용어로 'Revolution'이라는 단어를 쓴다. 스포츠에서나 물리학에서도 1회전을 'Revolution'이라고 한다. 시계 바늘이 한 바퀴 도는 것도 'Revolution'이며, 계절의 순환과 주기적으로 회귀하는 것도 'Revolution'이다.

새해를 맞이한다는 건 시간의 혁명 같은 것! 해가 뜨면 집을 나섰다가 날이 저물고 집으로 돌아오는 하루도 혁명의 일부인 것! 그러므로 우리는 언제나 놀라운 시간을 살고 있다는 것!

돌아온 운동화

한 켤레의 운동화가 말할 수 있는 건 어디까지일까?
1980년대 대학가에서는 집회가 끝나면 주인을 잃은 몇
개의 운동화가 남겨졌고, 그 운동화의 주인을 찾아주는
것이 마지막 정리 과정이었다. 그런데 1987년 6월 9일,
연세대학교에는 주인의 발에 다시는 신겨지지 못한
운동화 한 짝이 남겨졌다. 이한열의 운동화였다. 그의
누나가 월급을 받아 동생에게 사줬다는 그 운동화는
당시 학생들이 선망하던 값비싼 운동화도 아니었다.
2016년 6월에는 이 운동화가 복원되어 이한열 기념관에
전시되었다. 바닥이 산산조각 난 채 뒤집혀 있었다는
그 운동화를 미술품 복원 전문가가 시간과 정성을 바쳐
복원해놓았다. 작업을 했던 김겸 교수는 이렇게 말했다.

나는 다만 이한열이 살아 있을 때
그의 집 현관에 놓여 있을 법한
운동화로 돌려놓고 싶었다.

운동화의 밑창이 무너지지 않도록 해서 운동화를
바로 세우는 데만 한 달 반이 걸렸다고 한다.

그 얼마나 이상하고도 가슴 아픈 작업이었을까.
아침에 집을 나서
다시 돌아가지 못한 한 켤레의 운동화.
그의 집 현관에 잠시라도
그 운동화가 다녀가기를 바랐던
한 사람의 마음이 뭉클하다.
그의 운동화를 복원시켜놓으려 애쓴 시대가,
그를 기억하고 그 시대를 기억하고,
그 정신을 기억하는 모두가 고맙다.

아쉬람

　　한때 오쇼 라즈니쉬(Osho Rajneesh), 지두
크리슈나무르티(Jiddu Krishnamurti) 같은 인도의
철학자이자 명상가들이 주목을 받은 적이 있다. 지구가
번영과 부를 향해 파괴적으로 달려갈 때, 우리가
추구해야 할 것은 우리 안에 있다는 것을 일깨워준
이들과 더불어 기억하게 된 단어가 있었다. 바로
아쉬람!

　　아쉬람은 수행자들이 사는 오두막이나 수행자들의
공동체를 의미한다. '아쉬람'의 어근인 '쉬람'은
'약해지다', '피곤하게 되다'라는 뜻으로, 정신적

육체적으로 고된 일을 일컫기도 한다. 여기에 부정의
의미를 지닌 '아'가 붙어서 '피곤함을 물리치는 곳' '쉼이
있는 곳'이라는 뜻을 갖게 되었고, 결국 수행하는 곳,
은자들의 거처, 영적 공동체 등을 의미하게 된 것이다.

누구에게나
피곤으로부터 멀어지게 해주는 곳,
약해진 나를
회복하는 곳이 필요하다는 가르침.
누군가에겐 그곳이 집일 수도 있고,
또 누군가에게는 여행지일 수도 있고,
도서관이나 미술관일 수도 있으며,
마음이 힘겨울 때 자주 찾는
제3의 장소일 수도 있을 것이다.
그곳이 어디든
'아쉬람'에 있는 것 같은
고요를 찾는 연습이야말로
중요한 일.

아버지와
솜사탕

프랑스에서는 솜사탕을 '바르바 파파(barbe à
papa)'라고 한다. '아버지의 수염'이라는 뜻이다.
솜사탕이 뭉쳐 있는 모양이 수염과 비슷해서 그런
이름이 붙여졌을 수도 있겠다. 하지만 가장 근사한
해석은 이런 것. 삶에서 가장 행복한 순간을 선물하고
싶은 아버지의 마음을 담고, 볼을 부비며 사랑한다고
말하고 싶은 아버지 마음을 담으려고 그런 이름을
지었을 거라는 생각.

솜사탕을 들고 있는 아이는 대부분 웃고 있다.
그래서 솜사탕은 먹는 것이라기보다는 행복한 순간을

채집한 앨범 같다. 바로 그 행복의 상징에 '아버지의
수염'이라는 이름을 붙여주었다는 것, 멋진 일이다.

어떤 아버지는 늘 부재중이어서 그리움과 원망의
대상이 되고, 어떤 아버지는 너무 권위적이어서 평생을
어려운 사람으로 남고, 어떤 아버지는 늘 곁에 있었으나
무능한 아버지로 남고…….

사랑한다는 말 대신
솜사탕을 쥐어주는 아버지를 그려본다.
설령 아버지와 솜사탕에 얽힌 기억 하나 없더라도,
햇살 쨍한 어느 여름날
솜사탕을 발견하면
반사적으로 아버지의 사랑,
아버지의 마음을 떠올릴 수 있었으면 좋겠다.
바르바 파파!

삶이 기적 같아지는
순간

　겨울 하늘의 '오로라'와 같은 어원을 가진
'아우라(Aura)'. 오로라만큼이나 마술적인 느낌을 주는
단어다. 물리학에서는 물체의 표면에서 발산되는 빛이나
겹겹이 둘러싸인 윤곽이라는 뜻으로 쓰이고, 예술
분야에서는 신비롭고 독특한 분위기를 전할 때 자주
사용된다.

　독일의 철학자 발터 벤야민은 '예술작품의 고고하고
개성 있는 고유의 본질'을 아우라라고 표현했다.
일상에서도 종종 쓰인다. 뛰어난 어떤 능력을 가진
사람에게 "범접할 수 없는 아우라가 있다"와 같은

찬사를 보내기도 한다.

'아우라'가 가장 '아우라'답게 쓰이는 경우는 사랑하는 사람들 사이가 아닐까? 세상 모든 사람들 중에서 딱 한 사람, 바로 그 사람만이 갖는 특별함과 신비로움. 그 아우라 때문에 수많은 사람들이 지나는 거리에서도, 수백 명이 함께 뛰는 운동장에서도 초능력자처럼 그 사람을 구분해낼 수 있고, 남들은 결코 볼 수 없는 그의 사소한 신호까지 볼 수 있다. 그만이 가진 매혹을 나 혼자 찾아낼 수 있는 능력, 그 아우라를 독점하는 것이 '사랑'인지도 모른다.

발터 벤야민은 '아우라'를 이렇게 표현하기도 했다.

유일하고 아주 먼 것이
아주 가까운 것으로 나타날 수 있는 일회적 현상.

삶이 기적 같아지는 순간, 평생 잊을 수 없는 그런 순간을 기다려본다.

르네상스칼라

이세돌 9단과 알파고의 바둑 대결 이후 본격적으로 다가온 AI 시대에 대한 수많은 분석이 등장했지만, 그중에 가장 강력한 것은 지금 세상에 존재하는 직업의 절반은 가까운 미래에 사라질 것이라는 분석이었다. 그래서 세상은 이제 '르네상스칼라'를 이야기한다. 전문기술을 가진 지식노동자를 의미하는 '골드칼라'라는 옷 위에 이 르네상스칼라를 겹쳐 입거나, 아니면 아예 옷을 갈아입으라고.

르네상스칼라란 정치, 경제, 문화, 예술 분야에 능통하면서 컴퓨터에도 뛰어난 사람들을 가리킨다고 한다. 르네상스 시대의 대표적인 천재 '레오나르도 다 빈치'처럼 자신이 알고 있는 모든 것을 결합할 수 있는 유연하고 탁월한 사람을 그렇게 부르는 것이다.

확실히 세상은 우리에게 더 많은 것을 요구하고 있다. 스트레스가 높아질수록 한 번 더 가슴에 담아볼 만한 단어는 호기심! 배우고 아는 것으로 그치는 것이 아니라, 그것을 잘 연결해서 전에 없는 무언가를 만들어내는 르네상스칼라가 되는 건 너무 어렵거나 아주 쉬운 일일지도 모르겠다. 하루아침에 되는 일이 아니라는 점에서는 아주 어렵고, 어린아이 같은 호기심이 있어야 하니 어렵지 않을 수도 있겠다.

예쁜 것과
아름다운 건
다르니까

　최근에는 예쁘고 마른 모델 대신 개성 있는 모델을
등장시키는 경우가 늘어나고 있다. 오버사이즈 모델도
많아졌다. 이런 모델을 어글리 모델이라 부른다는데,
표현 자체가 예쁘고 마른 모델을 기준으로 만들어진
용어 같아서 썩 마음에 들지는 않는다.

　하지만 모두가 의심 없이 한 방향으로 달려가는
세상에서 그나마 제대로 된 방향을 가리키는 차린 말
같아서 당분간은 기억해보기로 한다.

얼굴 가득 주근깨투성이어도,

키가 작아도,

조금 넉넉한 몸매를 가졌어도

괜찮아!

나는 나니까 괜찮아!

예쁜 것이 아름다운 것과 동의어는 아니니까.

그러니까 괜찮아!

데드라인

남북전쟁 시대에 포로수용소가 한계에 다다르자,
철책을 만들어놓고 "이 선을 넘어가면 죽는다"라고
선포했다고 한다. 그것이 '데드라인(dead line)'의
시작이다.

데드라인이 일상적 용어로 쓰이기 시작한 것은
1920년대. 당시 미국은 1차 세계 대전을 치른 뒤였고,
자동차가 대량생산되는 시대였고, 급속도로 산업화가
이루어지고, 대공황의 그림자가 엄습하던 때였다. 바로
그 시대를 보도하기 위해 동분서주하던 기자들이 새로운
의미로 되살려놓은 것이 오늘날의 데드라인이다.

가끔은

데드라인이라는 말이

애초부터 없었던 것처럼 살고 싶다,

내일은 내일의 태양이 뜰 뿐이라고,

오늘은 오늘의 시간을 즐겨야겠다고,

한 번뿐인 인생인데

좀 더 너그럽게 살아봐야겠다고…….

그
말이
내게로
왔다

카멜레온 효과

닭고 싶은 사람, 그중에서도 행복하고 소신 있는 사람의 영향력은 생각보다 크다. 나는 독립적이다, 라고 생각하는 사람일지라도 사실은 타인의 영향을 무척 많이 받는다. 함께 밥을 자주 먹는 사람에게서도 영향을 받고, 자신도 모르는 사이에 모방행동도 한다. 그것을 '카멜레온 효과'라고 부른다.

카멜레온 효과는 진화론과 연관이 있다고 한다. 같이 생활하는 집단이 커지면서 인류는 누구를 믿을 수 있는지 알아내기 위해 끊임없이 신호를 보내고 탐색해왔다고 한다. 상대방의 행동과 나의 행동을

비교하면서 신뢰할 수 있는 대상인지를 감별하던 것이
카멜레온 효과로 이어졌다는 것이다.

행복한 사람 곁에 있으면
덩달아 행복해질 확률이 높아진다.
그러니 좋은 사람들 곁을 어슬렁거리자.
나도 다른 사람에게
좋은 영향을 끼치는 사람이 될 수 있도록
노력하면서.

그
말
이
내
게
로
왔
다

Fika

　아주 오래 전 커피는 금지된 음료였다. '악마의
음료'라는 이름이 붙은 커피를 대중들이 마셔도
좋은지를 판정해 달라는 청원이 교황청에 접수되기도
했다. 당시 교황 비오 2세는 "악마들만 마시기에는 너무
아까운 음료"라는 말로 커피를 승인했다고 한다.

　'Fika(피카)'는 스웨덴어로 '커피'라는 명사이자
'커피를 마시다'라는 동사이다. 스웨덴의 거의 모든
직장에는 사람들이 가장 만나기 쉬운 자리에 Fika
Room(피카 룸)이 있다. 그래서 구성원들이 하루에
한두 번은 Fika Room에서 마주치게 되고, 그곳에서

다양한 대화를 나누면서 아이디어도 얻게 된다고 한다. 직장마다 차이가 있긴 하지만, 오전 Fika 타임이 있고, 오후의 Fika 타임도 있다.

커피가 대화 혹은 여유와 동의어처럼 사용되는 요즘, 공식적인 Fika가 아니어도, 또 그것이 꼭 커피가 아니어도 띄엄띄엄한 시간은 꼭 필요하지 않을까.

나를 몰아붙이고,
사람들을 몰아붙여
무언가를 끌어내야 한다는
생각으로부터 자유로워질 수 있기를.
일상에 스며든 커피 한 잔처럼
여유로워질 수 있어야
더 나아질 수 있다는 것을 헤아릴 수 있기를…….

평범함에 반하다!

최근 들어 더욱 많은 사람들이 주목하게 된 단어 'Normal Crush(노멀 크러시)'. 보통 혹은 평범을 의미하는 Normal과 '반한다'는 뜻을 가진 Crush의 합성어로, 평범한 것이 아름답다는 의미를 강조하는 말이다. 성공과 부를 향해 달리던 폭주 기관차에서 뛰어내린 사람들이 외치는 이 말에는 평범한 삶이 행복한 삶이라는 새삼스러운 깨달음이 담겨 있다.

더 많은 것을 소유하기 위해
더 많이 일하던 시대는 지났다!
타인의 것에 대한 맹목적인

열망과 부러움을 거두자!
무언가가 되기 위해
나를 몰아붙이기보다는
그냥 아무나 되겠다!
나와 더 가까워진 삶을 살자!

평범해지는 것도 따지고 보면 쉬운 일은 아니다.
평범한 삶이 가장 멋진 법!
다만 평범함도 '열광'하다 보면 질릴 수 있으니,
느긋하게 보통의 삶을 누릴 수 있으면 좋겠다.

툰드라에서

'툰드라(Tundra)'는 러시아어로 '나무가 없는
땅'이라는 뜻. 북극해 연안부터 나무가 자랄 수 있는
북방 한계선에 이르는 거친 벌판을 말한다. 겨울에는
영하 60도 아래로 기온이 떨어지고, 한 여름에도 기온이
영상 10도를 넘지 않는 혹독한 땅. 1년에 250일 이상이
눈과 얼음으로 뒤덮여 있어서 이끼류를 제외한 어떤
식물도 자라지 못한다.

하지만 툰드라에도 사람이 살고 있다. 툰드라의
마지막 유목민 네네츠(Nenets) 족. 네네츠 족에게는
달력도 시계도 필요 없다고 한다. 얼음이 녹으면

여름이고, 해가 뜨면 낮이다. 혹독한 환경에서 살아가는
그들은 숨을 쉬는 매 순간이 충만한 행복이고, 사냥을
마치고 함께 즐기는 모든 사람이 가족이다. 행복은 바로
가까이 있는 그 사람들로부터 나온다고 네네츠 족은
믿는다.

네네츠 족이 공유하는 또 하나의 약속이 있다.

툰드라에서는 모르는 사람이나
서로 적으로 여기는 사람들일지라도
조난을 당하면 반드시 구해줘야 한다는 약속,
그리고 도움을 받은 사람은
도움을 준 사람에게 나흘 동안
자신이 할 수 있는 최상의 대접을 해야 한다는 약속.
극한의 땅에 사는 사람들이 아직까지
지키고 있는 이 약속은
인류의 마음이 원래 품고 있던 미덕이었을 것이다.

유수아동

여덟 살 소년이 교실에 들어섰다. 혹한의 등굣길,
4.8킬로미터를 걸어온 소년의 머리에는 하얀 눈꽃이
피었고, 눈썹도 노인처럼 하얗게 얼어붙어 있었다.
소년의 모습을 보며 다른 친구들이 놀리듯 웃었다.
담임선생님이 교실에 들어선 제자를 찍은 이 사진 한
장은 여덟 살 소년 왕푸만 군에게 '눈꽃 소년'이라는
이름을 선물했다. '눈꽃 소년'이라는 예쁜 별칭 뒤에는
소년이 감당해야 했던 혹독한 추위와 가난이 서려 있다.
무려 6천만 명에 달한다는 중국의 유수아동(留守兒童).
유수아동이란 부모가 돈을 벌러 대도시로 떠나고 시골에
남겨진 아이들을 말한다.

눈꽃 소년에게는 각계의 온정이 답지했지만 그것이
해결책은 아닐 것이다. 어린 소년이 왜 그토록 춥고 먼
길을 걸어 학교에 가야 하는지, 보살핌을 받지 못하고
성장하는 어린이들이 받을 상처를 어떻게 어루만져야
하는지 살펴야 할 것이다.

한 사회가 어느 정도의 성장을 이룩할 때까지
거치는 과정이 있으며, 그 과정에서 외면하는 것도
있고 희생시키는 것도 있다는 것을 우리도 경험으로
알고 있다. 그렇게 외면하고 희생시켜버린 것이 얼마나
뼈아픈 것인지는 뒤늦게 알게 된다. 다른 나라의 눈꽃
소년이 일깨워준 지난 시절의 기억들, 성장만이 최고의
가치였던 시대에 잃어버린 것들을 돌아보게 된다.
방치해둔 상처는 없는지, 되찾고 치유할 시간을 놓친
상처는 없는지도 돌아봐야겠다.

체념하자! 체념하자!

체념(諦念)은, 해서는 안 되는 것이 아니라 한 번쯤 제대로 해봐야 하는 것인지도 모른다.

불교에서는 '체념'을
'진실을 이해한다'는 뜻으로 해석한다.
'체념'의 '체(諦)'는 '살핀다'라는 뜻인데,
여기엔 '진리를 알게 된다'는 뜻과
'운다'는 뜻이 동시에 담겨 있다.
그러니까 슬픔을 통과하며 진리를 알게 된다는 의미,
슬픔을 이해하는 것이 곧
깨달음이라는 뜻을 담고 있다.

'매사를 열심히 하라'는 주문도 좀 바뀌어야 할 때가
되었고, '포기는 배추를 셀 때나 쓰는 말'이라고 포기를
모르는 삶을 강조하는 것도 바뀌어야 할 때가 되었다.

정말 열심히 해야 할 일과
쉬엄쉬엄 해야 할 일을 구분하고,
때론 포기해야 할 일은 포기하며
삶의 숨고르기를 해볼 것.
체념의 진정한 의미도 헤아리면서
성숙한 방향으로
나를 이끌어볼 것.

마술 상점에서…

모든 것이 갖춰진 마술 상점. 누구든지 원하는
것을 가져갈 수 있는 상상의 공간이다. 단 이 상점에서
간절히 원하는 것을 가져가는 사람은 대신 자신이
버리고 싶었던 것 하나를 대가로 내놓아야 한다.

마술 상점의 주인은 묻는다.
"왜 이것을 가져가고 싶은가?"
마술 상점의 주인은 또 묻는다.
"왜 당신은 그것을 버리고 싶은가?"

인도의 마술에서 힌트를 얻었다는 마술 상점 기법은

1940년대부터 심리 치료에 활용되었다. 마술 상점에서
가져가고 버리는 것들에 대해 질문하고 대답하는 과정을
거치며 내면의 상처를 드러내고 치유할 수 있다는
것이다.

얻고 싶은 것과 버리고 싶은 것의 가치를 교환하면서
사람들은 자신이 간절히 원하던 것이 사실은 별 가치
없는 것이었다고 깨달을 때도 있고, 하찮게 여겨
버리려던 것이 실은 아주 귀한 것이었다는 것을
깨닫기도 한다. 때때로 그런 마음의 교환이 필요할
것이다.

귀한 것과 하찮은 것의 자리를 바꾸어보면서
가치를 새롭게 깨닫는 과정이
우리를 성숙하게 만들어주지 않을까.
서투르지만 혼자만의 마술 상점을 열어봐야겠다.
우리를 무겁게 하던 것이 실은
우리를 지키는 것이었다는 것을 알 수도 있고,
간절히 원하던 것이
허상에 불과하다는 걸 발견하게 될지도 모르니까.

매너

    승리한 정현 선수는 기쁨을 크게 드러내지 않았다.
자신의 우상이었던 조코비치에 대한 존경의 표시였다.
패배한 조코비치도 "당신은 승리할 자격이 있다"고
축하했다. 여기에 정현 선수는 이렇게 답했다. "나의
우상 조코비치를 닮으려 노력하며 여기까지 왔다."
관중들은 승리한 정현 선수의 인터뷰를 끝까지 들었고,
그가 코트를 떠날 때까지 자리를 지키며 박수를 보냈다.
승리보다 멋진 건 매너! 승자의 겸손도 패자의 선선함도
아름다웠다. 염치가 희미해져가는 세상, 아름다운
매너가 남긴 여운이 컸다. 6개월 뒤 조코비치가
윔블던에서 우승했다는 소식은 그래서 더 반가웠다.

하와이안 레시피

'Moonbow(문보우)' 혹은 'Lunar rainbow(루나
레인보우)'로 불리는 달무지개를 보려면 몇 가지 조건이
충족되어야 한다. 달무지개는 이름처럼 달빛을 받아
만들어지기 때문에 다른 때보다 달빛이 강해지는
보름달이 뜰 때 드물게 볼 수 있다. 또 달의 고도가
낮으면서 하늘이 어두울 때, 폭포 주변이나 달의
반대편에서 비가 내리고 있을 때 달무지개가 뜰 확률이
높다.

이렇게 까다로운 조건을 충족해야 하기 때문에
달무지개를 본 사람은 많지 않다. 그래서 달무지개는

중요한 변화가 나타날 때 뜨고, 그것을 본 사람에게는
기적이 일어난다고 영화 〈하와이안 레시피〉에서는
이야기하고 있다. 영화는 달무지개를 기다리는
사람들에게 이런 말을 건넨다.

기적이란
보통의 생각으로는 믿기 힘든
놀라운 일을 의미하지만,
안 일어나는 일이 아니라
일어나는 일이라는 데 방점이 찍혀 있어.

아무 일도 안 일어나는 하와이의 어느 쇠락한 마을을
배경으로 한 영화 〈하와이안 레시피〉. 낡은 극장의 문을
닫으려던 주인이 생각을 바꿔 계속 영화를 상영하기로
하는 것도, 사람들이 서로를 위해 맛있는 음식을 차리는
것도, 누군가를 마음에 들였다가 상처를 받았으면서도
또다시 사랑하는 일도 모두 일상에서 일어난 기적을
보여주는 일이었다는 생각이 든다.

그 말이 내게로 왔다

그 말이 내게로 왔다

Part _ 04

오슬로의 이상한
밤에

소년 시절, 친구들은 모두 스키 점프를 했지만 주인공은 두려워서 스키 점프를 하지 못했다. 그의 어머니는 스키 점프를 하는 것이 꿈이었지만 여자라는 이유로 스키 점프대에 오를 수 없었다. 스키 점프에 도전하겠다는 생각을 늘 마음에 품고 있었던 주인공이 말한다. 내일이면 은퇴하는데, 이제 와서 스키 점프를 하는 건 너무 늦은 일이 아니겠느냐고……. 그러자 그의 곁에 있던 은퇴한 외교관이 말한다. 인생에선 대부분의 일이 너무 늦어버리고 만다고, 그러니 세상에서 너무 늦은 일이란 없는 것 아니겠냐고……

"너무 늦은 일이란 없다"는 말에 용기를 얻어 스키
점프대에 오른 주인공의 모습 위로 수많은 나의 모습이
겹쳐진다. 자신을 위해서, 또 여성이라는 이유로
스키점프대에 오르지 못했던 어머니를 대신해서 스키
점프대에 오른 그의 모습은 두려움에 가득한, 그러나
두려움을 떨친 모습이었다. 머뭇거리는 나를 발견하게
될 때마다 영화 〈오슬로의 이상한 밤〉에 나오는 그 말을
꺼내봐야겠다.

　너무 늦은 일이란 없다.

나를 흔드는 바람까지

구석에 몰린 듯 끌려가던 선수가 경기 막판에
이르러서 힘을 내더니 드디어 상대를 제압하는 한 방을
터뜨렸다. 사람들은 그가 '바운스 백(bounce back)'을
해냈다고 찬사를 보낸다. 바운스 백이란 다시 해내다,
재기하다, 회복하다, 등의 뜻을 가지고 있다. 공이
바닥에 떨어졌다가 다시 튀어 오르는 것도 '바운스
백'이라고 한다. 회복탄력성과 비슷하지만 그보단
좀 더 강력한 무엇을 의미한다. 실패와 역경 속에서
다시 일어나서 본래의 모습보다 더 나은 모습으로
도약하는 것. 회복하는 것에서 한 걸음 더 나아가서
'역습하다'라는 의미도 담겨 있다.

세상이 우리를 쉼 없이 흔들어댈 때

흔들리면서 흔들리지 않는 힘을 갖는 것.

그래서

우리를 흔드는 바람까지 에너지로 사용하는 것.

그것이 '바운스 백'의 진짜 의미일 것이다.

인정투쟁

화가 마리 로랑생(Marie Laurencin)은 평생 인정받고
싶다는 욕구에 시달렸다. 그녀의 어머니는 "너는 재능이
없다"는 말로 마리 로랑생의 자존감을 훼손했다.
73살로 세상을 떠날 때까지도 자신에게 재능이 있기를
바랐다는 마리 로랑생의 이야기는 생각할 때마다 마음이
아프다. 마리아 칼라스 역시 '어머니에게 인정받기 위해
노래했다'고 말한 적이 있을 정도로 깊은 상처를 가지고
있었다.

타인을 굴복시키려는 것이 아니라 상대편에게서
자신을 확인하려고 한다는 점에서 명예를 위한 싸움과도

같은 인정투쟁(認定鬪爭). 인정받고 싶다는 절실함이
우리를 더 나은 사람으로 만들겠지만 궁극적으로는
인정에 대한 욕구로부터 자유로워질 때 비로소 나
자신이 될 수 있을 것이다.

　단순히 배를 채우는 것만으로는
　채워지지 않는 무엇.
　나 이외의 존재로는 대체되지 않는
　절실한 가치와 존엄성을 인정받으려는
　눈물겨운 투쟁에 제발 귀 기울여주기를.
　그리고 할 수만 있다면,
　타인의 인정이 필요한 것이 아니라
　내가 나 스스로를 인정하는 것이
　더 필요한 일이라는 깨달음에
　이를 수 있기를.

왜냐하면

길이 막혔다. 똑같이 길이 막혔는데 어떤 길에서는 운전자들이 경적을 울리며 항의를 했고, 다른 길에서는 운전자들이 침착하게 기다렸다. 무슨 차이가 있었던 걸까? 똑같이 제설작업을 하던 중이었지만 한쪽 길에서는 안내문도 없이 제설작업을 하고 있었고, 다른 길에는 "우리는 당신을 위해서 눈을 치우고 있습니다"라는 안내 푯말이 서 있었기 때문이었다.

어떤 일이 일어났을 때 원인을 제공한 사람이 "왜냐하면" 하고 이유를 알려주면 심리적인 저항이 덜해진다고 한다. 이것이 바로 이유 효과!

'왜냐하면'이라는 말은 아주 강력해서 가끔은
비합리적인 이유도 수용하게 만든다고 한다.

　모든 일에 이유를 대야 한다면 피곤한 일이겠지만,
특히 사람의 감정에 관해서 매번 이유를 대야 한다면
정말 괴로울 수밖에 없겠지만, 그리고 이유를 듣는다고
해서 위로가 되지 않을 때도 많지만, 이유라도 알아야
대처할 수 있으니 '왜냐하면'이라는 설명은 최소한의
예의일 수도 있겠다. 포스트잇으로 헤어지자고 선언하는
어이없는 연인과 메시지 한 통으로 해고를 통보하는
파렴치한 고용주가 점점 늘어나는 세상이니 더욱…….

컬링

빙판 위로 미끄러져가는 스톤이
가고 싶은 길을 가도록
열심히 길 닦아주는 저 스위퍼(sweeper)처럼
사랑하는 사람의 꿈을 위해서
열심히 길 닦아주는 스위퍼가 되고 싶다.

에밀리에게
장미를

이야기는 에밀리라는 여자의 죽음으로 시작된다.
그녀의 장례식엔 마을 사람들 대부분이 참석한다.
오랫동안 세상과 단절되어 있던 에밀리의 장례식에
왕래도 없던 마을 사람들이 거의 다 참석한 건,
그녀에게 애도를 보내기 위해서라기보다는 그녀의 닫힌
방문이 궁금했기 때문일 것이다.

마침내 한 번도 열린 적 없었던 2층 방문이 열렸을
때 사람들은 충격적인 것을 보게 되었다. 에밀리를
버리고 도망갔다던 애인은 잠옷을 입은 백골상태로
침대에 누워 있고, 그 옆의 베개에선 에밀리의

머리카락이 발견된다.

장밋빛으로 꾸며진 그로테스크한 신혼방은 변해가는
세상을 결코 인정하지 않았던 에밀리, 자신의 것은
어떤 방법으로든 지키려 했던 에밀리의 삶을 단적으로
보여주고 있었다.

노벨문학상과 퓰리처상을 수상한 윌리엄 포크너의
단편소설 〈에밀리에게 장미를〉 이야기다. 에밀리에게
바쳐진 장미는 어떤 의미였을까? 연민이었을까,
안타까움이었을까? 아니면 나름의 경의이거나 조소
혹은 한숨이었을까? 어쩌면 그 모든 것을 포함한
것이었을 수도 있을 것이다.

이것이면서 저것이기도 한 모호함 때문에 에밀리의
장미에 대한 생각은 오랫동안 기억에 남았다.

떠나가는 것을
어떻게든 완고하게 붙잡고 있던 에밀리처럼
내 안의 고집스런 에밀리에게

말을 건네고 싶다.
이미 꺾인 꽃대에선
꽃이 피지 않는 것처럼
깨어진 맹서에선
미래를 꽃피울 수 없다고,
그러니 과거의 박제된 약속이나
기억은 유물처럼 묻어두고
일단 떠나보자고,
변화의 강물에
배를 띄워 흘러가 보자고…….

로모그래피

꽃이 피기 시작했다고, 아이가 걷기 시작했다고,
예전에 함께 갔던 곳이 아직도 남아 있다고, 이건 정말
한번 먹어봐야 한다고, 각자의 일상을 찍어 전송하는
사람들. 보내는 사람은 각별하지만 받는 사람에겐 별
감흥이 없을 수도 있는 사진들.

로모그래피(Lomography)란 '사진에 대해 규정된
모든 것에서 벗어나자'는 선언 같은 것. 인물의 위치는
어디쯤에 둬야 한다거나 수평을 맞춰야 한다는 경직된
생각 같은 건 하지 말자, 화질도 생각하지 말자, 약간은
실험적이고 초현실적이며 자유로운 사진을 찍어보자,

불완전성을 자랑스럽게 받아들이자, 그런 의미를 담은 말이라고 한다.

'로모그래피'를 선언한 사람들은 다음과 같은 몇 가지 강령을 지킨다.

언제든지 카메라를 들고 다니며
어떤 앵글이든 가리지 않고 찍고
가까이에서 직감적으로 찍고
사진의 예측 불가능성을 받아들이고
카메라를 삶의 일부로 받아들이며
그리고
언제나 규칙을 무시하라!

사춘기도 아닌데 규칙을 무시하라는 말을 들으면 왜 마음이 솔깃해지는지…….

나로부터도 나를
보호해야 한다

바람이 불어올 때 오히려 바람 쪽으로 몸을 향하는
것도, 먼지가 들어올 때 재채기를 하거나 순간적으로
눈을 감는 것도, 추울 때 몸을 웅크리는 것도, 환절기에
몸살을 한 번씩 앓는 것도 결과적으로는 자신을
보호하려는 본능이 작동하는 것.

여러 사람 앞에 서서 발표를 하거나 일시에 시선을
받게 될 때 얼굴이 붉어지고 심장 박동수가 빨라지는
것도 자신을 보호하려는 반응이다. 원시시대에는 여러
사람 앞에 노출되는 것이 곧 위험에 노출되는 것이었기

때문에 그 시대의 보호 본능이 유전자에 남아서 얼굴이
화끈거리고 심장 박동이 빨라지는 거라고 한다.
두려움을 느끼는 일도, 혐오감을 느끼는 것도, 또 어떤
상황에 예민하게 반응하는 것 역시도 모두 자기 보호
본능이 발휘되는 순간이다.

　복어에 독이 있는 것도, 장미에 가시가 있는 것도,
토끼가 지그재그로 뛰는 것도, 도마뱀이 잡혔을 때
꼬리를 끊어버리는 것도 자신을 보호하는 일. 미모사가
잠시 스치기만 해도 화들짝 잎을 닫아버리는 것도 잎을
움직여 곤충들이 놀라 달아나도록 하기 위한 것.

　모든 생명체는 언제나
　위험에 처할 수 있기 때문에
　자신을 보호하기 위한 숙연한 노력을 이어왔다.
　그러니 그 누구도 함부로 대해서는 안 되고,
　어떤 삶이든 존중해야 하며,
　가끔 폭주기관차가 되기도 하는
　나로부터도 나를
　보호해야 한다.

Time's up

골든글로브 시상식에 참석한 여배우들은 검은
드레스를 입었다. 그래미상 시상식에선 아티스트들이
흰 장미를 손에 들거나 가슴에 달았다. 검은 드레스도,
흰 장미도 미투(#Me Too) 운동을 더 발전시켜나가려는
타임즈 업(Time's up) 운동을 지지한다는 선언이었다.

'Time's up'을 있는 그대로 해석하자면 '한 시대가
끝났다'는 의미. 타임즈 업은 피해자만이 아니라 모두의
참여로 확대된 운동이고, '보다 본질적인 문제를
바라보자'는 거대한 시대적 흐름이라고 할 수 있다.

편견과 차별과 고통을 생산하던 시대에 마침표를
찍어야 한다는 이 선언을 지금 당장 우리의 일상에 옮겨
놓고 싶다.

무기력하게 흘려보낸 시간에 마침표를,
우리가 발목 잡혀 있는 편견에 마침표를,
상처받은 사람을 모르는 척 지나쳐온
무심과 냉정에 마침표를,
그 자리에 꼼짝 말고 있으라는
억압과 강요에 과감히 마침표를
찍을 수 있으면 좋겠다.

주인공의
자격

어느 소설에나, 어느 영화에나 주인공이 있다.
주인공은 하지 않아도 될 고생을 겪고 숱한 오해도
받지만, 수십 발의 총탄을 맞아도 죽지 않고 끝끝내
견뎌낸다. 주인공의 자격이란 그런 것이다.

고난과 시련을 꿋꿋하게 이겨내는 사람,
탄탄대로만 걷는 사람이 아니라 험난한 길도
마다하지 않는 사람,
너무 이르게 등장해서도 안 되며
너무 늦게 나타나도 안 되고
결정적인 타이밍에 등장해서

문제를 해결하는 사람이 바로 주인공이다.

주인공은 불교 용어로 '득도한 사람'이라는 뜻을
가지고 있다. 그저 예뻐서, 그저 매력적으로 생겨서
획득하는 자격은 아닌 것이다.

덮어둔 사람

누구에게나 '덮어둔 책' 같은 사람이 있을 것이다. 더 읽
고 싶지만 다가갈 수 없어서 덮어두었거나, 단숨에 읽어
버리고 싶지 않아서 잠시 덮어둔 사람도 있을 것이다.
아니면 너무너무 사무쳐서 빼곡한 사람들 사이에 숨겨
놓고 오래토록 펼쳐보지 못한 사람도 있을 것이다. '당신
다음에 무엇이'라는 멕시코 노래를 들은 오늘은 그 덮어
둔 사람을 펼쳐봐야겠다.

기억의 끈

　오래 전엔 글자를 모르는 사람들이 많았다. 읽고
쓰는 평범한 일이 소수의 특권이었다. 글자를 모르는
사람들은 기록을 할 수가 없었고, 그래서 잊지 말아야
할 것이 있으면 끈에 묶어 두었다. 그 끈의 이름은
기억의 끈. 작은 물건은 기억의 끈에 묶어둘 수 있지만,
묶어둘 수 없을 정도로 크거나 아예 형체가 없는 것들은
끈에 매듭을 짓거나 비슷한 형상을 그려 기억했다고
한다. 어쩌면 상상력으로 세상을 저장했던 시대의
영혼이 더 풍성했을지도 모르겠다. 그나저나 기억력은
시간이 갈수록 왜 이렇게 형편없어지는 건지……

불확정성의 원리

물리학은 우주의 원리를 이해하려는 학문이어서
그런지 때로는 문학적으로 때로는 음악적으로 느껴질
때가 있다. 물리학자 베르너 하이젠베르크(Werner
Heisenberg)의 '불확정성의 원리'도 그렇다. 불확정성의
원리를 한 줄로 정리하자면, '어떤 물체의 위치와
속도를 동시에 정확하게 측정하는 것은 이론적으로
불가능하다'는 것쯤 될까?

영국의 위대한 극작가로 불리는 사이먼
스티븐스(Simon Stephens)는 하이젠베르크의
불확정성의 원리를 희곡으로 완성시켰다. 학자의

이름을 따서 〈하이젠버그(Heisenberg)〉라고 이름 지은
이 작품은 "인간의 삶이 아름다울 수 있는 것은 예측
불가능하기 때문"이라는 내용을 담고 있다.

프랑스의 작가 미셸 리오는 아예 소설의 제목을
〈불확정성의 원리〉라고 지었다. 절필한 소설가가
우연히 은퇴한 배우의 별장에 발을 들여놓으며 시작되는
이야기를 통해, 삶과 사랑과 만남의 예측 불가능한
모습을 그린 작품이다.

인생은 알 수 없는 것,
오늘 좋았어도 내일 나쁠 수 있고,
오늘 힘들었어도
내일은 멋진 일이 우리를 기다리고 있을 수도 있다.
그래서 삶은 계속되는 것이다.
지금까지는
'불확정성'을 '두려움'으로 해석했다면,
이제는 '희망'으로 고쳐 읽어야겠다,
그렇게 최면을 걸어본다.

얼음

설령 우리가 손에 든 것이
차가운 얼음이라 할지라도
뜨거운 이마의 열을 내리는 일에 쓸 수도 있다.
'무엇'도 중요하지만
'어떻게'도 못지않게 중요하다.

경계

반드시 허물어야 하는 것도 아니고,

꼭 지켜야만 하는 것도 아닌 것.

오가며 이런저런 성찰을 하다 보면,

그곳에서 아름다운 것들이

꽃처럼 피어나는 걸 지켜볼 수도 있는 일종의 성역.

함께 산다,
함께 먹는다

1986년 이탈리아 로마의 스페인 광장에 미국의
한 패스트푸드 점포가 문을 열었다. 충격을 받은
이탈리아에서는 "패스트푸드와 패스트라이프로부터
인류를 지켜야 한다"는 비장한 운동을 시작하게 된다.
바로 '슬로우 푸드 운동'이다. 이탈리아 북부 피에몬테
주에서 처음 시작된 '슬로우 푸드' 운동이 지향하는
모토가 참 인상적이다.

사람은 기뻐할 권리가 있다!

사랑하는 사람을 위해 맛있는 음식을 만드는

기쁨, 함께 먹으며 일상을 공유하는 기쁨, 그 기쁨을
패스트푸드와 바꾸지 않겠다는 의지가 담겨 있다.
구체적인 활동 지침도 멋지다.

지킨다! 가르친다! 지지한다!

지킨다는 건 전통적인 식재료와 요리법, 질 좋은
식품을 지키는 것을 말하고, 가르친다는 것은 전통의
맛과 그것을 지키는 법을 가르친다는 것이다. 그리고
지지한다는 것은 건강한 식재료를 제공하는 생산자를
지지한다는 의미다. 또한 슬로우 푸드 운동을 담당하는
지역 모임을 '콘비비아'라고 부르는데, '콘비비아'는
'함께 산다, 함께 먹는다'는 의미라고 한다.

천천히 살고,
건강하게 자란 재료로
느긋하게 만든 음식을 함께 먹으며
삶의 기쁨을 나누자!

이 당연한 일을 되찾기 위해 운동까지 해야 하는

것이 오늘 우리의 쓸쓸한 현실. 하루 한 번만이라도, 사랑하는 사람과 함께, 소박하고 즐겁고 느린 행복을 나눌 수 있기를 …….

유통기한

　　왕가위 감독이 '동사서독'과 '타락천사' 사이에
쉼표처럼 만들었다는 영화 〈중경삼림〉. 이 영화엔
실연한 두 명의 홍콩 경찰이 등장한다. 첫 번째 남자
경찰 233 하지무는 4월 1일에 이별을 선언하고 떠난
연인이 그의 생일인 5월 1일까지는 다시 돌아올 거라고
믿는다. 그래서 늘 5월 1일이 유통기한인 파인애플
통조림을 샀다. 하지만 5월 1일이 되어도 연인은
돌아오지 않고, 남자는 유통기한이 다 된 파인애플
통조림을 다 먹어치우고 집을 나선다. 영화 속 남자는
이렇게 말했다.

기억이 통조림에 들어 있다면,
기한이 영영 끝나기 않기를 바란다.
꼭 기한을 적어야 한다면,
만 년 후로 하고 싶다.

유통기한이 존재한다는 것은 다행스러운 일이다.
유통기한이 지났기 때문에 다행인 감정도 분명 있으며,
유통기한이 지났으니 폐기해야 할 인연도 있으며,
그렇게 결별한 뒤의 내가 훨씬 더 성숙할 수도 있을
테니까.

쿠바 사람들의 옷 한 벌

프랑스의 영웅 잔 다르크가 붙잡혔을 때, 그녀의
죄목 중엔 남자 옷을 입었다는 것도 들어 있었다고
한다. 많은 사람들에게 쇼팽의 연인으로 더 깊이
기억되어 있을 작가 조르주 상드(George Sand)도
남장(男裝)으로 유명세를 떨쳤다. 상드의 남장은 경제적
이유 때문이었다. 이혼을 하고 재산을 다 빼앗겨
가난하게 살았던 상드는 파리의 열악한 거리 때문에
구두며 드레스가 너무 빨리 망가져서 어쩔 수 없이
튼튼한 남자 옷을 입게 되었다.

쿠바 사람들은 아무리 가난해도 아주 좋은 옷 한

벌은 꼭 가지고 있다. 그 옷을 입고 결혼식에도 가고, 교회에도 가고, 장례식에도 가고, 기쁘고 슬픈 모든 순간을 함께한다.

　무엇이든 원래의 의미를 살펴보면 우리가 남용하고 왜곡한 것들을 교정할 수 있다. 옷을 의미하는 한자 '衣'에는 저녁 무렵 따뜻한 보금자리로 돌아가는 형상이 새겨져 있다고 한다. 수없이 많은 옷이 옷장 속에 있으나 제대로 입을 만한 옷이 없는 건 옷이 가진 원래의 간절함을 우리가 잊고 살기 때문일지도 모른다.

톱밥

나무를 켠 자리에서 떨어진 부스러기에
'톱'으로 만든 '밥'이라는
아름다운 이름을 붙여주다니!

다시 나무로 돌아갈 수 없는
톱밥이 수북이 쌓였다.
과거가 피운 꽃이 수북하게 피었다.

햇볕

겨울 독방에서 만나는 햇볕은
비스듬히 벽을 타고 내려와 마룻바닥에서
최대의 크기가 되었다가
맞은편 벽을 타고 창밖으로 나갑니다.
길어야 두 시간이었고 가장 클 때가
신문지 크기였습니다.
신문지만 한 햇볕을 무릎 위에 받고 있을 때의
따스함은 살아 있음의 어떤 결정이었습니다.
내가 자살하지 않은 이유가
바로 햇볕 때문이었습니다.

희망 없는 곳에 희망을 심고, 맑은 물을 만날 수 없는 곳에 스스로 맑은 물이 되어주었던 고 신영복 선생의 책 〈담론〉 속 이야기다.

27살에 사형수가 된 그를 견디게 한 이유가 되었다는 햇볕, 너무나 흔한 그 햇볕을 이렇게 사무치게 보게 해준 그분께 당신이 있어 세상을 보는 우리 시력이 조금은 좋아졌다고, 감사했다고, 감옥이 없는 곳에서 편히 쉬시라고, 그 글귀를 마주하면서 다시 한 번 작별인사를 전한다.

진짜 어른

어린 시절엔 그토록 어른이 되고 싶었는데,
어른이 되어서는
어린 시절이 한없이 그립기만 하다.
어린 시절엔 '어른'이라는 말이
'자유',
'뭐든 할 수 있는 나이'로 느껴졌는데,
'어른'이 되고 보니
'어른'이라는 말은 '짐을 진 자'
'책임을 다하는 사람',
'연민을 아는 사람'임을 실감한다.

사람들이 말하길,

어른이란 '있는 그대로 받아들이는 사람'이라는데

그 간단한 말이 왜 이리도 어려운지

있는 그대로 받아들이는 일은

어른에게도 쉽지 않은 일.

도를 닦은 수행자처럼 진짜 어른이 되어야

마주할 수 있을 경지인지도 모른다.

그
말
이
내
게
로
왔
다

세상에서 가장
작은 책

한 친구가 여행을 부추기는 글을 보냈다.

모든 책 중에서
내가 가장 좋아하는 책은
세상에 한 권뿐이며,
세계 모든 나라의 국경을 열어주는
8절판의 작은 책, 바로 내 여권이다.

프랑스의 비평가 알렝 보레(Alain Borer)가 쓴 글.
아마 여권을 가진 모든 사람들은 하나뿐인 이 작은 책을

자신이 가진 책들 중에서 가장 좋아할 것이다. 바다
내음도 품고 있고, 여행의 기억을 첩첩이 담고 있는
이 책이야말로 무궁무진한 이야기를 가진 책이니까.
움베르토 에코는 무인도에 갈 때 딱 하나의 책만
가져가라고 한다면 '전화번호부'를 택하겠다고 했는데,
아마 어떤 사람들은 '여권'을 택할지도 모르겠다.

　'Passport'는 '항구를 지나가다'라는 뜻이다. 우리가
쓰는 '旅券(여권)'이란 한자는 '나그네의 책'이라는
뜻이다. '항구를 지나간다'는 의미도 여운이 깊지만,
'나그네의 책'이라는 이름이 훨씬 마음에 와 닿는다.

　지금처럼 사진을 넣은 여권이 만들어진 것은 1차
대전 당시라고 한다. 서로 비슷하게 닮은 서구인들이
적군과 아군을 구분하기 위해서 만든 증명서가 오늘날의
여권을 만든 계기라고 한다.

　그러고 보니 여권을 펼친다는 건, 비슷한 듯 다른
세상으로 들어갈 준비를 한다는 뜻. 그곳에 사는
사람들이 일상적으로 접하는 풍경과 관습을 낯설고

감동적으로 보아줄 설렘을 장착한다는 의미가 아닐까.

조만간 여권을 내보이면서 어디론가 갈 일이 있기를.
여행과 상관없이도 가끔은 서랍 속에 넣어둔 이 작은
책, 내 이름을 새긴 초록색의 작은 책, 세상에서 하나
뿐인 이 책을 펼쳐봐야겠다.

코끼리의 지혜

우산에는 우산의 지혜가 있고
자전거에는 자전거의 지혜가 있고
깃발에는 깃발의 지혜가 있다.
개미에게는 개미의 지혜가 있고
참새에게는 또 참새의 지혜가 있다.

　세상 모든 것에서 배우는 사람. 그 사람이 가장
풍성하게 존재하는 사람이라고 했으니, 저녁의 지혜도
배우고, 음악의 지혜도 배우고, 풀의 지혜도 배워야지,
노을의 지혜도 배워야지.

엘리펀티즘(Elephantism)은 서로 의논하고 결정한 뒤 리더와 더불어 움직이는 코끼리 무리의 지혜로움을 말한다. 아프리카의 건조한 지대를 지나는 코끼리들이 '커다란 물웅덩이'를 만들어 주변의 작은 동물들도 물을 마실 수 있도록 하는 것처럼 이로운 존재로 살아가려는 노력을 의미하는 말이다.

골목길을 정갈하게 쓸어놓을 수 있다면,
내가 해야 할 일을 정성껏 해낼 수 있다면,
누군가의 것을 빼앗지 않고 탐내지도 않는다면,
모르는 사람들을 위해
내 마음을 확장할 수 있다면,
자신들이 만들어놓은 커다란 물웅덩이에
작은 동물들이 와서 함께 물을 마시는 걸 보고
또다시 길을 떠날 코끼리처럼
흐뭇해질 것이다.

어반 몽크

도시의 삶이 피곤하다는 것을 알기 때문에 자연 속의 삶을 꿈꾸지만, 막상 도시를 떠나지 못하는 사람들. 그래서 요즘엔 먼 곳으로 떠나지 않더라도 내가 사는 지금 이곳에서 여유와 평화를 이루겠다는 사람들이 늘어나고 있다. 그런 사람들을 '어반 몽크 족(Urban Monk)'이라고 한다.

얼마 전 세상을 떠난 미래학자 엘빈 토플러는 앞으로 다시 '종교의 시대'가 올 것이라고 예측했다. 얼마든지 복제가 가능한 디지털 시대의 허무함을 극복하려는 사람들이 보다 근원적인 것을 찾게 될 거라는

예견이었는데, 그것을 다른 학자들은 '도시의
수도사'라는 용어로 표현하기도 했다.

어반 몽크 족은 우리에게 있었던 고귀한 것으로
돌아가려는 사람들. 하나라도 더 가지려는 삶보다
조금이라도 더 인간적인 삶으로 돌아가려는 노력이라는
뜻으로 해석하고 싶다.

체리 피커

오랜만에 뵙는 어른께 인사를 드리면서, 그 댁
가족들의 안부를 물었다. 모두 잘 지내고 있고, 아들도
자신의 일을 시작해서 다행이라고 하셨다. 다만 아들이
일하는 걸 보고 있으니 작은 것 하나에서도 손해를 보지
않으려 하는 태도가 걱정이라고 하셨다. '하나를 얻으면
하나를 내어주는 게 삶의 이치인데', '계산적이고 영리한
것만으로는 얻을 수 없는 게 있는 법인데' 하고 한숨을
내쉬셨다.

'체리 피커(cherry picker)'라는 말이 떠올랐다.
'맛있는 체리만 골라 먹는 사람'이라는 뜻. 경제적인

것인지, 얌체 짓만 하는 것인지 아슬아슬한 경계에 있는
말이긴 하지만 왠지 씁쓸한 그 말. 매사에 이익만을
중시한다면 삶이 윤택해지는 것이 아니라 오히려
황폐해질 수도 있으니까.

　달콤한 체리에 손이 가는 건 당연한 일이겠지만,
내가 먹으면 혹 다른 사람은 먹을 수 없는 건 아닌지,
이러다 그 달콤함에 중독되는 것은 아닌지 고민이
필요하다. 지금의 이익이 손해가 될 수도 있고 지금의
손해가 이익이 될 수도 있을 테니.

로맨틱

원래 로맨스(Romance)란 중세 기사들의 모험담을 다룬 것이었다. 지금 여기와는 다른 시대와 장소를 배경으로 하는 다소 황당하거나 몽상적인 이야기들도 로맨스라 불렸다.

우리가 생각하는 로맨스 혹은 로맨틱도 그런 것이 아닐까. 사실이라고 믿고 싶은 오해. 참담한 이해에 이를 때까지 그 아름다운 오해를 유지하는 것. 진짜 사랑은 그 로맨스 너머 어딘가에 두고 복제품만 들고 떠나는 여정 같은 것.

피아노

피아노의 원래 이름은 피아노포르테(pianoforte).
'piano'는 '약하다', '여리다'는 뜻이고 'forte'는
'강하다', '세다'는 뜻. 18세기 초 피렌체의 악기 제작자
바르톨로메오 크리스토포리(Bartolomeo Cristofori)가
발명한 쳄발로에서 연유한 이 악기는 이후 몇 번의
개량을 거치면서 '피아노포르테'로 완전하게 자리를 잡게
되었다.

이 악기가 오늘날 피아노란 이름으로 남아서 참
다행이다. 포르테는 사라지고 피아노만 남아, 여린 것이
삶의 기본이라는 걸 알려주는 것 같아서……

따뜻한 사람이란

소설이든 영화든 좋은 작품은 인생을 가리고
있는 안개를 걷어주고, 우리가 아직 알지 못한 것을
알려준다. 작가나 감독이 냉철한 시선을 유지해야
가능한 일. 하지만 따뜻한 마음 없이는 불가능한 일.
그래서 오래오래 기억에 남는 작품에는 늘 이것이 있다.

냉정한 따뜻함!

그러니 내게 냉정한 사람이 사실 나를 더 생각하는
따뜻한 사람일 수 있고, 내게 늘 따뜻하기만 한 사람이
사실 무심하고 냉담한 사람일지도 모르는 일.

무솔리니의
전차

　고작 몇 시간이면 우리를 다른 나라에 데려다놓을
수 있는 비행기. 하지만 비행기는 후진을 할 수 없다.
그래서 공항 게이트에서 승객을 실은 비행기는 제
몸집보다 훨씬 작은 차에 의지해 후진을 해 활주로로
향하게 된다.

　이탈리아의 독재자 무솔리니는 전황이 불리해지자
전차의 후진기어를 없애라는 지시를 내렸다. 뒤로 갈 수
없는 그 전차를 '무솔리니의 전차'라고 부른다. 후퇴를
용납하지 않겠다는 뜻이었겠지만, 그것은 무모한 광기를
의미하는 상징으로 남았다.

살다보면 어쩔 수 없이 후퇴를 해야 할 때도 있고,
일부러 뒷걸음질 쳐야 할 때도 있다. 그때 우리는
놓치고 있던 것들을 만나기도 하고, 어렵게 들고만 있던
것을 내려놓기도 할 것이다.

　　전진만이
　　의미 있는 삶의 방식은 아니니까.
　　조금 물러나서
　　지금 내가 있는 삶의 풍경을 바라보는 일도
　　꼭 필요한 일.
　　그러면 늘 보던 것들이 달리 보이고
　　보지 못했던 것들을 볼 수 있으니까.
　　후퇴를 해야 하는 상황이 되면
　　나를 저 하늘로 날아오를 활주로로 데려다줄
　　작은 차 한 대가 찾아온 것이라고
　　생각하는 것도 현명한 일.

무드셀라 증후군

사람에게는 본능적으로 기억을 편집하고 왜곡하는
경향이 있다. 때로는 나쁜 방향으로 왜곡해 스스로
상처를 키우기도 하고, 또 때로는 바람이 무시로
드나들던 추운 방도 그리운 방이 되고, 싸우고 실망하며
돌아섰던 옛 연인도 아름답게 변신한다.

기억을 편집해서 좋은 쪽으로만 저장하려는 심리를
'무드셀라 증후군'이라고 한다. 심한 상처를 입었거나
너무 고통스러운 현실을 경험한 사람들이 무드셀라
증후군을 보일 가능성이 높다고 한다. 심리학계에서는
이를 일종의 퇴행이나 도피로 설명하기도 한다.

마음 여린 사람들이
그렇게 해서라도
자신을 보호하려고 하는 것은 아닐까.
힘든 하루를 보낸 날,
어린 시절의 어떤 기억들이
더 아련하게 떠올라
아기처럼 엄지손가락을 물고
그때로 돌아가 잠들고 싶은 것처럼.

그래, 무례한 사람들이 내 하루를 망쳐버린 날엔,
세상이 내게만 유독 가혹하다고 느껴지는 날엔, 그냥
무드셀라가 되어보자. 969살까지 살며 좋은 기억을
회상했다는 노아의 할아버지 무드셀라가 되어보자. 기억
속에서 고운 것들을 건져내 품고, 그저 내 마음대로
행복한 시간을 보내보자. 내일을 맞이할 힘이 생기도록.

베일

인생을 겹겹이 가리고 있는 안개, 안개에 가려진 것, 그것은 우리를 혼란스럽게도 하지만 다 드러나지 않아서 우리를 살게 하는 힘이 되기도 한다.

인생의 베일이 하나씩 걷힐 때마다 우리가 마주치는 것이 희망일 수도 있지만 절망일 수도 있으니, 베일 뒤에 가려진 것이 어떤 것이든 그것으로부터 다시 시작할 수 있는 단단함이 있으면 좋겠다.

린치핀

대개의 사람들이 평생 포기하지 못하는 것이 있다.
누군가에게 자신이 중요한 사람이라고 인정받는 것.
그래서 나를 각별하게 여겨주는 사람을 그토록 애타게
기다리는지도 모른다.

'린치핀(Linchpin)'은 마차나 수레, 자동차의 바퀴가
빠지지 않도록 중심축에 꽂는 핀을 말한다. 어떤
관계에서 핵심적인 존재, 구심점이 되는 존재를 뜻하고
외교용어로 쓰일 때에는 꼭 필요한 동반자, 중요한
우방을 의미한다.

어떻게 평가받을까 조바심을 내는 게 아니라

흔들림 없이 나 자신으로 존재하는 것.

삶과 관계의 무게중심을

확고하게 잡고 있는 것이야말로

'린치핀'이 되는 길.

그러나 내가 중심이 아니더라도

기꺼이 바큇살 중의 하나가 되려는 것이야말로

진정한 린치핀이 되는 일.

아름다운 말이 되어준 고마운 사람들에게...

Thanks to

KBS 클래식 FM의 〈세상의 모든 음악〉 속 '감성사전'을
통해 청취자들과 함께한 말들입니다. 그 글을 다듬고,
새로운 말들을 추가했습니다. 책으로 엮을 용기를
주셨던 애청자들의 응원에 감사드립니다. 그리고
어떤 말이든, 어떤 법칙이든 신뢰하고 수긍할 수 있게
해주었던 진행자 전기현 씨, 그리고 아름다운 음악으로
말의 여운을 음미할 수 있게 해주었던 김혜선 프로듀서,
안종호 프로듀서께 특별한 감사를 전합니다.

2018년 9월

김미라

그 말이 내게로 왔다

초판 1쇄 발행 | 2018년 9월 17일
초판 3쇄 발행 | 2019년 2월 20일

지은이 | 김미라
발행인 | 노승권

주소 | 경기도 파주시 회동길 354
전화 | 031-870-1053(마케팅) 031-870-1061(편집)
팩스 | 031-870-1098

발행처 | (사)한국물가정보
등록 | 1980년 3월 29일
이메일 | booksonwed@gmail.com
홈페이지 | www.daybybook.com

책읽는수요일, 비즈니스맵, 생각연구소, 지식갤러리, 라이프맵,
사흘, 피플트리, 고릴라북스, 스타일북스, B361은
KPI출판그룹의 단행본 브랜드입니다.